KB129386

아이 틴더 유

트리플

7

아이 틴더 유

정대건 소설

TRIPLE

차례

아이 틴더 유

'184 76 32'. 키, 몸무게, 나이만 적혀 있는 프로필. 집에서 2km 떨어져 있던 호와 틴더에서 매칭된 건 지난밤이었다. 몸이 좋은 타입은 아니었는데 쌍꺼풀 없는 눈에 고른 치열이 마음에 들어서 '라이크LIKE'를 눌렀다. 메시지를 주고받아보니 영화를 한다고 했다. 틴더에는 어쩜 그렇게 예술가 지망생들이 많은지, 절반이 예술가 지망생 아니면 금융맨이다. 내가 여의도 IFC몰 14층 사무실에서 흐드러지게 핀 벚꽃을 보고 있다고 메시지를 보냈더니, 금융권에서 일하냐고 따분한 질문을 해서 조금 실망했다. 금융권에서 근무 시간에 틴더 돌리고 있는 나 같은 애를 써줄 리가 있나. 내가 일하는 곳은 여유 있는 업무와 낮은 연봉을 '워라밸'이라는 단어로 포장한 외국 피자 프랜차이즈의 본사다. 화제는 취미와 취향으로 넘어갔고, 호가 노아 바움백의 영화를 전부 봤다고 했을 때, 만나기로 마음먹었다.

금요일 밤 홍대 술집에서 만난 호는 어깨는 넓은데 팔뚝에는 근육이 머문 흔적조차 없었다. 서로 본명은 묻지도 않았다. 호의 이름이 진짜로 호든 승호든 호식이든 어차피 내가 연애할 사람 찾는 것도 아니고 오늘 술자리가 재밌으면 상관없었다.

"솔 씨는 틴더로 사람 많이 만나봤어요?" 진부한 시작에 나는 "그럼요, 새로운 사람 만나서 술 마시는 거 좋아해서" 하고 샐쭉 웃었다. 세 시간 전만 해도 엑셀 회계장부를 들여다보고 있었기에, 처음 보는 호의 얘기를 들으며 도시의 풍경이 낯설어지는 게 즐거웠다.

호는 데이팅 앱으로 만나서 1년 정도 연애한 적이 있다고 했다. 묻지도 않았는데, 퍽보이는 아니라고 어필하는 거였다. 말로는 무슨 말을 못 할까. 진지한 만남을 지향한다더니 잠수 타버린 남자를 두 번이나 겪은 뒤로 나는 틴더남들을 잘 믿지 않았다.

플러팅하는 거 보는 재미로 나오는 건데, 호는 오늘 나를 꼬시는 게 목적이 아니라 사람과의 대화에 굶주렸다는 듯이 많은 이야기를 쏟아냈다. 듣자 하니 영화감독 데뷔를 준비하다가 잘 풀리지 않은 모양이었다. 속한 곳도 없고, 이제는 정말 친구도 없어서 팟캐스트만 듣는다고 했다. 얘기를 듣는 동안, 호의 바짝 깎은 손톱과 길고 가느다란 손가락이 눈에 들어왔다.

이번엔 내가 이야기할 차례였다. 1년간 연애한 남자친구가 알고 보니 양다리를 걸치고 있었고, 심지어 그 여자와 약혼한 사이였다는 유쾌하지 않은 이야기. 그 사실을 말하면 내 1년이 정말 그렇게 요약되어버리는 게 끔찍해서 입을 닫았다. 그냥 연애하지 않은 지 3년은 됐다고 말했다.

술을 마신 지 몇 시간 안 돼서 우리가 일하는 환경은 아주 다르지만 (그다지 닮고 싶지 않은) 비슷한 점이 많다는 걸 알 수 있었다. 둘 다 엇 같은 이혼 가정에서 자랐다는 것, 연애에서 늘 속거나 버려진 쪽이라는 것, 관계가 시작되기도 전에 관계의 끝을 생각하는 점이 그랬다.

"우리 졸라 없어 보인다. 불행과 상처를 소중한

자산처럼 삼지는 말자."

2차에 가서는 내가 먼저 말을 놨다. 호는 내가 차갑고 못되게 말하는 게 좋다고 했다.

"나는 지금 유령이야."

취기 오른 호가 잔을 비우며 푸념했다. 나쁘게 끝난 연애 이후로 아무도 만나지 않았더니 2년 동안 자기를 찍은 사진이 한 장도 없더라는 거였다. 틴더에서 별별 사람을 다 만나봤지만 폰을 건네며 자기 사진을 찍어달라는 사람은 처음이었다. 이 남자는 외로움으로 어필하는 스타일이구나. 나도 좀 취했는지 짠하게 느껴졌다. 얼굴이 붉어진 호의 사진을 찍자마자 호의 폰에 메시지 창이 떴다. 보려고 그런 건 아닌데…….

[Chloe : 저는 왕십리 쪽 살아요.]

틴더 메시지였다. 오호, 클로이도 만나려고 하셨어? 그 메시지는 우리 사이에 감춰져 있던 사실을 드러냈다. 수십, 수백 명의 사람에게 '라이크'를 눌렀고, 클로이를 만나서도 이런 외로움을 토로했을 거라는 것, 서로에게 스페어처럼 얼마든지 대체 가능한 존재라는 것 말이다. 당황한 호의 표정이 얄미우면서도 귀여웠다.

"왜, 뭐 어때서. 내 틴더도 보여줄까?"

내가 웃으며 말했다.

그때부터였다. 우리 사이에 흐르는 분위기가 묘하게 공모자처럼 변한 것은. 원래도 가벼웠지만 한없이 더 가벼워졌다. 우리는 틴더에 왜 그렇게 잭, 제이, 클로이, 클레어가 많은지를 이야기하며 깔깔 웃었다. 술이 쭉쭉 들어가고 뭐든지 말할 수 있는 기분이었다. 불쾌해진 호가 약간 슬픈 눈빛으로 말했다.

"나, 틴더에서 만난 애랑 자고 불 꺼진 모텔 방에서 전 여친 생각하면서 운 적 있었다."

내가 정색하며 호에게 뭔가를 달라는 듯이 손바닥을 내밀었다.

"야, 그건 내 캐릭터니까 저작권료 내놔."

우리는 킥킥거리며 소주를 두 병 더 비운 뒤 술집을 나섰다. 이제 어디로 갈지 결단을 내려야 하는 2차와 3차 사이의 시간, 골목에 서서 담배를 한 대 피웠다. 술에 취해 비틀거리는 커플이 빗자루로 골목을 쓸고 있는 환경미화원 곁을 지나갔다. 이제 좀 피곤한데 눈치 없는 호는 어디 가자는 말도, 오늘 밤 같이 있자는 말도 하지 않고 눈을 반짝이며 재잘거렸다.

"나는 〈실버라이닝 플레이북〉처럼 문제 있는 둘

이 만나서 사랑에 빠지는 힐링 로맨스 영화 엄청 좋아해. 나도 언젠가는 그런 영화를 만들고 싶고."

현실에서 문제 많은 둘이 만나면 힐링은 무슨…… 지옥 급행열차 타는 거야, 속으로 생각하면서 호를 위아래로 훑었는데 꽤 괜찮아 보였다. 술이 들어가기 전엔 뭘 믿고 운동도 안 한 거야, 그랬는데. 이렇게 알코올 보정이 무섭지. 키 멀대 같고 입술 뚱뚱한 거 하나 믿고 그랬나 보다 싶었다. 나는 키스하고 싶어져서 그렇게 해버렸다. 한 번 잤다고 사랑에라도 빠진 것처럼 구는 남자면 곤란한데, 엉기면 안 되는데……. 조금 아쉬울 정도로만 키스하고 내가 한 발짝 떨어져 씨익 웃자, 호의 입술이 자석처럼 다시 붙었다.

신촌에 널린 모텔을 놔두고 종로로 가자는 내 말에 호는 의아해했으나 순순히 따랐다. 집이 아닌 곳으로 향하는 새벽 택시를 타면 늘 신난다.

다음 날, 모텔 골목을 빠져나와 맛나분식으로 호를 이끌었다. 난 단지 종로에서 이 떡볶이를 먹고 싶어서 외박하는 거야, 했더니 호가 피식 웃었다. 12시부터 개시하는 매콤하고 꾸덕한 쌀 떡볶이는 체크아웃하고 바로 먹으면 딱 제맛이다. 우리가 나란히 앉은 긴 의자는 자꾸 덜컹거렸고, 호와 내 머리에서는 같은 향의 모텔 샴푸 냄새가 났다.

헤어지기 전에 호는 내게 뭔가 하고 싶은 말을 참는 표정이었다. 호의 눈빛에서 기대와 불안을 읽었을 때 나는 도망치고 싶어졌다. 호는 잠시 내 어깨에 얼굴을 파묻고 나를 끌어안았다.

"잘 들어가."

우리 둘 다 연락한다는 말은 없었다. 햇살이 눈부신 오후 1시 한낮의 종로3가역 앞에서 그렇게 헤어졌다.

*

—미안해. 미안하다는 말이 얼마나 엿 같은 줄 아는데…… 그날은 그냥 엉망진창이 되고 싶은 기분이었어.

다음 날, 호가 컨디션은 괜찮냐고 메시지를 보내와서 내가 반나절 만에 답했다. 뭐가 미안하다는 건지, 네가 뭐 사귀자고 한 것도 아니고, 자자고 조른 것도 아닌데. 한 방 맞은 기분이겠지. 나는 호에게 사실은 애인이랑 안 좋게 헤어진 지 얼마 안 됐고 누굴 일대일로 만날 처지가 아니라고, 사람들을 많이 만나고 있다고 털어놓았다. 호는 그럼 왜 연애 안 한 지 오래됐다고 거짓말한 거냐며 그냥 자기도 하루만이라고 생각했으면 좋았겠다고 했다. 나도 겪어본 일이었다. 호의 기분을 상상해봤다. 아직 감정에 어떤 이름을 붙여주기도 전에, 드물게 품은 기대감에 대해 누군가 소리 내 비웃는 것 같은 기분.

—폴리아모리 같은 거야?

—아냐. 나는 그저 누구와도 사랑에 빠지지 않으려는 것뿐이야.

—대화가 잘 통하는 것도 나 혼자 착각인 거야?

—아니, 나도 너랑 대화가 유독 재미있고 한데. 내가 시도 때도 없이 셀카 보내고, 책임지지도 못할 말 하고, 그런 거로 오해 사고 상처 준 적이 많거든…….

침묵이 흐르는 채팅창에 호의 표정이 보이는 듯했다. 너무 상심 말고 고작 틴더에서 만난 사이인걸, 하며 금방 극복하기를.

—알았어. 그런데 내가 매력 없는 사람으로 느껴져서 비참하다.

그 말을 들으니 정말 미안해졌다. 오늘은 틴더 돌리지 말고 얌전히 혼자서 마셔야지. 차라리 호가 내게 욕을 하고 사라져버리면 속이 편할 텐데 호는 좀 끈질긴 편이었다.

—그럼 나랑 친구 하자. 자자고 하거나 귀찮게 안 할게. 다른 틴더남들 만나봐야 노잼일걸.

나도 딱히 단짝 친구 같은 건 없었다. 그나마 연애할 땐 애인이 제일 친한 친구가 되는데, 끝나면 그게 다 사라져버리니까. 애착을 가졌던 누군가 떠나고 떨어져 나가는 건 아무리 반복해도 익숙해지지 않았다. 쉽게 만나고 쉽게 헤어질 수는 있지만, 어떤 관계를 유지하는 건 어려웠다. 이제 나는 붙였다 뗐다를 많이 해서 접착력이 떨어진 칫솔걸이 같았다.

—내가 착각만 안 하면 되는 거 아니야? 걱정 마. 내가 들이댈 일 없을 거야.

호가 한 그 말은 결국 두 사람의 감정이 얽히고 마는 드라마의 클리셰 대사처럼 보였다. 대부분의 남자는 이런 상황에서 마음을 닫고 떠나갔기에, 그렇게 자신의 감정 상태를 차근차근 말하는 호가 여유 있어 보이기도, 동시에 절박해 보이기도 했다. 호는 다만 절대로 자신을 속이지만 말아달라고 거듭 당부했다. 호와 나는 클리셰와 싸워보기로 했다.

*

독거 젊은이인 우리에게 가까이 사는 동네 친구라는 건 여러모로 좋은 점이 많았다. 우리는 종종 저녁을 같이 먹거나 술을 마시며 금세 가까워졌다. 잠들면 두 시간 후에 깨는 고약한 수면장애를 가진 나는 새벽에 깨어 있는 호와 메신저로 'ㅋㅋㅋㅋ'를 남발했고 죽이 잘 맞았다. 나도 틴더남들이 늘 재밌는 건 아니었다. 나는 허탕을 치면 새벽까지 하는 우동집으로 호를 불러내 그날 만난 남자에 대해 수다를 떨었다. 그러다 함께 따릉이를 타고 홍제천을 따라서 한강까지 가기도 했다.

한번은 내 부탁으로 집에 놓고 온 USB를 호가 회사에 가져다줬다. 다급한 자료였기에 로비에서 USB를 건네받으며 연신 고맙다고 했다.

"동네에 백수 친구 있으니까 좋지?"

"네가 왜 백수야, 감독님이지. 너도 일하잖아."

친해지고 나서야 호가 단편영화로 상도 받고 나

름 주목받았었다는 것을 알게 됐다. 호는 5년 전 일이라며 다 옛날 일이라고 했다. 호는 몇 년째 시나리오를 쓰며 학원 강사와 촬영 보조 등 잡다한 아르바이트를 하고 있었는데, 늘 쫓기는 사람처럼 조급해 보였다. 나는 호에게 너는 끈질기니까 할 수 있을 거라고 격려했다.

나는 평일에는 한 번, 주말에는 자유롭게 틴더 5부제를 하면서도 줄기차게 관계를 피해 다녔고, 호는 외로움을 못 이겨 가끔 틴더를 돌리며 끈질기게 관계를 찾아다녔다. 나는 틴더에서 로맨스(백마 탄 왕자)를 찾아다니는 호를 '틴더렐라'라고 불렀다.

초여름에 호가 모처럼 틴더에서 만난 희주와 종묘 돌담 아래서 와인 마신 밤을 이야기하며 들떠 있었다. 희주는 휴학하고 연극 쪽에서 조연출 일을 하는 대학생이었는데 눈코 뜰 새 없이 바쁘다고 했다. 그 이후 몇 번 만난 희주와 잘 연락되지 않자 호는 시름시름 마음고생을 했고, 그러다 희주의 연락을 받으면 또 금세 피어났다. 결국 그 에피소드는 호가 희주에게 바빠서 만날 시간이 없다는 차가운 말을 들으며 끝이 났다. 호를 만나서 밥도 먹고 대화도 나누려면 여섯 시간은 확보해야 하는데, 차를 가지고 있는 열 살 연상의 파트너

와는 두 시간만 시간이 나도 만날 수 있다는 거였다. 섹스 얘기였다. 참, 대단하다, 싶었다. 멍한 표정의 호에게 떡볶이나 먹으러 가자고 어깨를 두드렸다.

나는 그 무렵 프로필에 '신촌에서 자취하고 잘 취하는 생태계 교란종'이라고 적어둔 바텐더 잭을 만나고 있었는데, 어느 모로 보나 호와는 다른 사람이었다. 아트시네마가 어디 붙어 있는지도 모르고 영화라고는 마블 영화밖에 본 게 없어서 길게 대화를 나누다 보면 공허해졌지만, 농담을 잘하고 가벼운 게 좋았다. 잭의 원룸에서 자고 온 날, 호와 동네 단골 식당에서 카레라이스를 먹었다. 평소처럼 가릴 것 없이 잭의 몸이 나쁘지 않았다고 수다를 떨었는데, 잭과 사귈 거냐고 호가 물어서 나는 그냥 캐주얼한 관계라고 했다.

"왜 나랑은 캐주얼한 관계를 안 하는 건데?"

갑작스러운 호의 물음에 나는 약간 당황해서 둘러댔다.

"우리는 한 번 해프닝이 있었으니까. 다시 그러면 안 될 거 같은데……. 그리고 너는 함부로 만지면 안 될 것 같고 막 그래."

"아닌데! 나 정말 맘대로 만져도 되는데!"

호는 쿨한 사람들의 클럽에 자기도 입장시켜달라는 듯이 안달했다. 그렇다고 호가 내게 다가오거나 하지는 않았다. 어쩌다 내 원룸 자취방에 야식을 먹으러 와도 호가 끈적하게 구는 일은 없었다. 호는 내가 자신에게 그다지 성적 매력을 느끼지 않는다는 사실, 내가 그저 모두를 스페어로 두려는 외로움 많이 타는 애라는 것을 받아들인 것 같았다.

하루는 내 방에서 함께 잭콕을 만들어 마셨다. 호와 나는 술에 취해 붉어진 얼굴로 이랑의 〈가족을 찾아서〉를 틀어놓고 큰 소리로 따라 불렀다. 내 안에 있는 그 노랠 찾아서 내가 살고 싶은 그 집을 찾아서 내가 사랑할 그 사람을 찾아서 내가 되고 싶은 가족을 찾아서. 호는 정말 노래를 못 불렀고, 금방이라도 눈물을 쏟을 것처럼 얼굴이 엉망으로 일그러졌다. 그러던 중에 호가 폰을 보더니 눈물을 줄줄 흘렸다. 구글 포토에 '2년 전 오늘'이라며 전 여친 사진이 떴다는 거였다. 몇 년째 성과를 내지 못하고 있는 호에게 그 애인이 "넌 대체 잘하는 게 뭐야?" 하고 구박했다는 이야기를 들었다. 내 지난 연애가 떠올라서 그렇게 함부로 대하는 사람을 도대체 왜 만난 거냐고 따지듯 언성을 높였다. 호는 내가 화를 내자 놀란 듯싶다가 자기도 왜 자신을 학대하는 사람에게 구걸하듯 애정을 바랐는지 모르겠다고 했다. 구질구질한 건 질색이었다. 그렇다고 내가 과거에 머물러 있는 호를 끄집어내줄 수는 없는 노릇이었다. 술기운에 어지러워하며 생각했다. 난 이제 남의 불행에 대해서도 나의 불행에 대해서도 귀 기울이지 않을 거야. 우울증 약도 더는 먹지 않을 거고. 난 그냥 가벼운 게 좋아.

그때 뾰로로롱, 하고 경쾌한 소리가 울렸다. 그래, 이런 거. 가볍고 기대를 하게 만드는 소리. 새로운 매치가 있습니다! 익숙한 틴더 알림이었다. 내 폰인 줄 알았는데 호의 폰이었다. 나는 깔깔 웃으며 호가 매칭된 스물아홉 살 민경의 프로필 사진을 함께 봤다. 사진 속의 민경은 베니스를 배경으로 자신감 넘치는 미소를 짓고 있었다.

'행복한 가정에서 사랑받고 자랐어요. 비슷한 환경에서 자란 분과 만나고 싶어요.'

틴더에 너무도 어울리지 않는 자기소개 템플릿 같은 프로필이어서 웃음이 나왔다. 나는 호가 그녀와 채팅하는 것을 실시간으로 구경하며 호에게 심각한 사람인 것을 티 내지 말라고 코치해줬다.

*

"'나는 아빠 같은 남자랑 결혼할 거야'라는 말을 하는 사람이 실재하더라고."

호는 민경과 첫 데이트에서 비건 레스토랑을 가봤는데 생각보다 좋았다며 다음에 같이 가자고 했다. 우리는 '경희궁의 아침'이라는 오피스텔에 산다는 그녀를 희궁이라고 불렀다. 듣자 하니 희궁은 약사였고, 어릴 때 캐나다에서 자랐고, 가정에 충실한 '넘버원 대디' 밑에서 공주님처럼 사랑받고 큰 사람 같다고 했다. 그래, 우리 집처럼 바람난 아빠가 끝까지 양육비도 안 주거나, 호네 집처럼 중학생 자식에게 누구랑 살지 결정하라고 강요하는 부모만 있는 건 아니지……. 그런 희궁이 호기심에 해본 틴더에서 처음 만난 게 호라는 거였다. 내가 저런…… 하는 표정을 짓자 호는 내가 뭐 어때서, 했다. 희궁은 데이팅 앱에 프로필로 BMW 차 키나 롤렉스 시계 사진 같은 걸 올려둔 남자들이 많다면서 그들이 애처롭다고 했다.

"자기는 무미건조한 일을 하는 사람이라 나를 멋지다고 생각한대. 내 꿈을 응원한대."

호의 목소리가 한 옥타브는 올라가 있었다. 나는 기대에 부푼 호를 보면서 다큐멘터리에서 보았던 수컷 군함새의 터질 듯 부풀어오른 붉은 목주머니가 떠올랐다. 세상에서 가장 빠른 새라는 군함새처럼 호는 빠르게 희궁에게 빠져버렸다.

"잘해봐."

나는 순수하게 응원하는 마음으로 말했다.

"잘해보긴…… 내가 누구를 만나냐……."

호는 어차피 자기는 잠시 스쳐 지나갈 버스정류장 같은 거라며, 아직 자기가 사람 구실을 못 하고 있으니 어쩔 수 없지 않냐고 체념 조로 말했다. 나는 너를 그렇게 여기지 말라고, 네가 원하는 게 안정감이면 '제대로 된' 연애를 하라고 말하고 싶었지만, 내가 할 소리는 아닌 거 같아 말을 삼켰다.

어느 날 새벽 1시에 호에게서 '혹시 깨 있으면 잠깐 통화해도 돼?' 하고 카톡이 왔다. 무슨 일인가 싶어 전화를 걸었다.

"떨어졌어……."

그 무렵 호는 공모전 결과를 기다리며 안절부절못하고 있었다. 호는 좌절감을 털어놓았다. 자기가 잘

못된 길을 선택한 것 같다고, 삶이 나아지리라는 희망이 보이지 않는다고, 이제는 단절된 관계들로 우울해진다고, 자려고 불을 끄고 눕기만 하면 눈물이 흐른다고 했다. 나는 호의 사정은 잘 모르니 가망도 없는 영화 같은 거 그만하고 지금이라도 취업을 하라고 말하진 않았다. 끊기 전에 호가 먹먹한 목소리로 말했다.

"솔아, 목소리 들려줘서 고마워…… 정말 고마워……."

떨리는 목소리에 혹시나 우는소리를 하는 자신을 내가 질려할 거라는 조심스러움도 묻어 있었다. 힘내. 난 너 응원하니까, 하고 빤한 말밖에 할 수 없었지만 얼마간 진심이었다. 그렇지만 이런 모습이 계속된다면 내가 호와 멀어지게 되리라는 걸 예감했다.

호는 무너질 때마다 동등한 관계에서는 하지 않는 표현을 자주 했다. 같이 밥을 먹어줘서 고마워. 같이 시간을 보내줘서 고마워. 나를 견뎌줘서 고마워. 그럴 때마다 그런 표현을 쓰지 말라고 했다. 호의 표현처럼 내가 호를 '견뎠던' 것은 사람에게 많은 것을 기대하던 예전의 내 모습을 호에게서 봤기 때문이었을 거다. 그런 호의 반복되는 태도에 나도 모르게 우리 사이가 동등하지 않은 것처럼 생각할 때가 있었고, 그게 불편해졌다.

*

선임자가 퇴사하면서 주말에 혼자 사무실에 출근해 처리해야 할 업무가 있었다. 마침 호의 생일이었는데, 희궁은 가족과 해외여행을 갔다고, 약속도 없다고 해서 호를 여의도로 불렀다. 자, 생일선물, 하며 내가 까치발을 하고서 호의 목에 방문증을 걸어줬다. 호는 일부러 쾌활한 척하는 것인지 지난밤과는 다른 모습이었다. 14층으로 올라가는 엘리베이터 안에서 호는 공룡박물관에 처음 간 아이처럼 흥분해서 주먹을 꼭 쥐고 나 진짜 고층 성애자인데, 하며 호들갑을 떨었다.

"걸리면 큰일 나는 거 아니야?"

"잘리기밖에 더 하겠어."

150개의 의자가 놓인 14층 사무실은 텅 비어 있었다. 크고 흰 대리석 테이블이 있는 회의실에 들어서자 통유리 너머로 옛 방송국 건물들, 국회의사당, 한강, 한강 건너 상암 하늘공원, 푸른 하늘과 구름이 시원하게 펼쳐졌다. 매일 보는 풍경이지만 감탄하는 호를 보니 새삼 박봉이긴 해도 이 전망은 최고의 복지지, 하는 생각이 들었다. 로드의 〈Liability〉를 틀어놓고 서로 떨어져 앉아서 각자 일을 봤다. 호는 그곳에 머무는 몇 시간 동안 노트북으로 뭔가를 쓰는 데 열중했다. 그 모습이 평화로워 보여 사진을 찍었다. 통유리로 쏟아져 들어오는 강렬한 태양 빛이 뜨거웠다. 호는 네 덕분에 호사를 누린다, 의자도 고급이야, 하며 뒤로 몸을 젖히고 일광욕을 했다.

"자본주의의 꼭짓점에서 돈 한 푼 벌 수 없는 글을 쓰고 있다니 묘하다."

호는 내게 '돈, 한, 푼, 벌, 수, 없는'은 엄청난 띄어쓰기지 않냐고 웃으며 말했다.

"상 타면 상금 있잖아? 다음에 상 타면 네가 모로코 음식 사."

호는 오케이! 하고 눈을 반짝이며 구체적인 목표가 생겨서 기쁘다고 했다. 시간이 흐르면서 호와 나는 석양에 따뜻한 금빛으로 물들어갔다.

"이 짧은 시간을 촬영에서 매직 아워라고 해. 이때를 놓쳐버리면 큰일 나니까 모든 스태프와 배우가 긴

장하고 집중하는데, 그때 기분이 진짜 좋아. 짧기 때문에 소중하지."

짧기 때문에 소중하다. 그 말이 내 짧은 틴더 데이트들에도 적용될 수 있을까. 모든 희소한 건 가치 있는 거야? 그럼 네 잦은 눈물은 가치가 작고? 하늘은 붉은빛과 푸른빛이 물감처럼 풀어지며 섞였다가 금세 어두워졌다.

초밥집에서 저녁을 먹은 우리는 여의도 한강공원을 함께 걸었다. 습하지 않은 시원한 강바람이 불어왔다. 탁 트인 한강공원은 여름밤 피서를 나온 인파로 에너지가 넘쳤다.

"저거 도대체 무슨 뜻일까."

내가 'I SEOUL U' 조형물을 가리키며 말했다. 기분이 무척 좋아 보이는 호가 갑자기 'I SEOUL U' 조형물에 뛰어 올라가 외쳤다.

"이놈의 도시는 정말 유혹만 많고 내 인기는 없다?"

"그렇다고 네가 시골에 간다고 인기가 있겠니."

호가 실실거렸고 나도 히쭉 웃음이 나왔다.

"내가 너의 세컨드라고 생각하면 별론데 서로의

스페어라고 생각하니까 오히려 든든해."

호가 활짝 웃으며 한 말에 나도 동의했다. 그 와중에도 호는 우리 서로에게 비수를 꽂지 말자고, 언젠가 자기와 친구가 하고 싶어지지 않더라도 차단하고 잠수 타는 짓은 하지 말자고 당부했다. 뭘까, 왜일까, 이 애는 왜 행복한 순간에도 그걸 온전히 누리지 못할까. 호가 참 외로운 사람이라고 느껴졌다. 그리고 나는 호에게 어떤 사람으로 기억될까 생각했다.

"나중에 내 얘기도 써줘. 틴더에서 만난 애들 중에 내가 제일 재미있지?"

"그건 그래."

"기분 좋다. 적어도 지루한 사람은 아닌 거니까."

*

가을 들어 야근이 잦아지고, 호가 희궁과 본격적인 데이트를 시작하면서 우리는 한동안 얼굴을 보지 못했다. 그래도 메신저는 활발했는데, 호는 내게 보여주기라도 하듯이 희궁과 함께 나와 갔던 떡볶이 맛집을 가고 홍세천에서 자전거를 탔다. 희궁에게는 그런 소박

한 데이트가 오히려 매력으로 다가온 모양이었다. 둘의 만남은 생각보다 오래 지속됐다.

월 마감을 마치고 집으로 돌아온 날, 목덜미와 등줄기에 으슬으슬하게 오한이 일었다. 나는 혼자 있고 싶지 않은 기분에 사로잡혀 폰을 들었다. 신촌에서 자취하는 바텐더 잭은 바에서 일하는 시간이었다. 언제 사십대 돌싱을 만나보겠나 싶어 밥 한 끼 했던 IT 프로그래머 마리오는 연락을 씹었다. 프로필에 'Hello, Stranger'를 적어놨던 취준생 토비는 바쁘냐는 내 연락에 정색하며 '누나, 저 애인 생겼어요' 하고 답장이 왔다. 그렇다고 틴더를 돌리고 '안녕하세요' 따위를 주고받고 싶지는 않았다. 나는 평소처럼 호에게 전화를 걸어 뜨끈한 떡볶이를 같이 먹자고 했다.

"민경 씨가 싫어할 거야."

호가 말했다. 희궁의 호칭이 바뀐 게 우스웠다.

"그럼 민경 씨한테 말하고 와. 친구인데 뭐 어때."

호는 대답하는 데 한참이 걸렸다.

"다른 남자들 많잖아……. 다른 애들 불러."

"뭐래. 너랑 먹고 싶다고."

그냥 쉽게 거절할 수 있는 일을 쩔쩔매는 호의

태도가 어딘지 거슬렸다.

"뭐야, 너 연애라도 해?"

"아냐, 아직은……."

"웃긴다, 너. 너랑 내가 뭐, 무슨 사이라도 돼?"

잠시 정적이 흘렀고, 호가 낮은 어조로 되물었다.

"그래. 우리가 무슨 사이냐?"

"네가 스페어 어쩌고 했잖아. 스페어가 뭐 이래."

대화는 이어지지 않고 계속 엇나갔다.

"민경 씨는 이런 거…… 이해 못 할 거야."

그 말이 기분 나쁘게 들렸다.

"너 걔랑도 틴더에서 만난 거 아니야?"

내가 코웃음 치며 비아냥거렸다.

"그럼 그냥 너도 나랑 캐주얼한 사이로 지내."

내가 별생각 없이 내뱉었다. 수화기 너머에서 긴 침묵이 이어졌다. 전화가 끊어졌나 싶을 정도로 숨소리도 들리지 않아 여보세요? 하고 물었다.

"미안하다."

호는 그 말을 남기고 전화를 끊었다.

*

상수역에 있는 잭이 일하는 바에서 나는 취해 있었다. 호가 갑자기 할 말이 있다고 해서 이곳으로 불렀다. 호가 도착했을 때, 내가 잭과 낄낄거리고 있자 호는 경계하는 눈초리였다. 지난밤 찾아오지 않은 게 마음에 걸렸던지 호는 줄 게 있다며 인형을 건넸다. 쇼핑백에 안 들어갈 정도로 커다란 이케아 코끼리 봉제 인형이었다. 부들부들한 게 만지자마자 바로 기분이 좋아졌다. "이쪽은 감독님이야" 하며 잭에게 호를 소개했다. 호는 괜한 얘기를 한다는 듯 눈치를 줬다. 호에게 "잭 알지?" 하고 소개하자, 잭이 일하는 곳이라는 것을 몰랐던지 놀라는 표정이었다. 호는 내 앞니에 립스틱이 묻어 있다고 칠칠치 못하다며 엄지손가락으로 닦아줬다. 우리는 이렇게 가까운 사이야, 하고 보여주는 것처럼 어딘지 부자연스럽고 잭을 의식하는 행동이었다. 호가 잭도 대화를 들을 수 있는 바 자리가 불편하다는 신호를 보여서 자리를 옮겼다.

"뭔데 그래?"

"민경 씨가 진지하게 만나보자고 했어."

나는 호의 얼굴을 빤히 바라봤다. 호는 초조한 기색이었다.

"그럼 뭐가 문제야?"

"이런 사람이 내게 고백하는 건 평생에 드문 일일 거야."

호의 그 말이 마음에 들지 않았다. '이런 사람'부터 '평생' 어쩌고저쩌고 어휘 선택이 다 별로였다. 호는 마치 내게 허락을 구하는 것처럼 굴었다. 대체 무슨 허락?

'너 같은 애랑은 달라.'

그날의 대화를 떠올리면 호가 그렇게 말하지도 않았는데, 나는 그 말을 들은 것 같았다. 목소리도 알지 못하는 희궁이 소리 내서 템플릿을 읽는 것도 같았다.

'행복한 가정에서 사랑받고 자랐어요. 비슷한 환경에서 자란 분과 만나고 싶어요.'

그렇지 못한 사람은 배제되어버리는 기분이 드는 그 말. '그 여자는 프로필에 그렇게 써두고 넌 왜 만난대?'라는 말이 떠올랐고, 그 악독한 말이 내 입을 간질였다.

"별로 좋아하지도 않으면서."

내가 약간 비웃듯이 말하자, 호는 발끈했다.

"내가 좋아하는지 아닌지는 네가 어떻게 아는데?"

"네가 그 여자 좋다고 하는 걸 들은 적이 없는데? 맨날 그 여자가 너한테 품은 호감만 말하잖아."

호는 뭔가를 몰래 하다 들킨 아이처럼 눈이 동그래졌다. 호가 다급하게 쥐어짜듯이 말을 뱉었다.

"너 저번에 나한테…… 캐주얼한 관계로 지내자고 한 건 뭐였어?"

왜 이 맥락에서 그것을 묻는지 코웃음이 났다. 호는 내게 연애 비슷한 감정을 느끼고 있었던 걸까. 그 또한 나를 속인 것 같아 화가 났다. 나는 몸을 뒤로 빼며 목소리를 높였다.

"넌 너무 심각한 사람이라서 너랑은 캐주얼한 관계도 하고 싶지 않아."

그 말을 들은 호는 나쁜 선고를 받은 사람처럼 표정이 굳어서 시선을 떨궜다. 그 정도 충격을 받으리라고는 예상치 못해서 내가 급히 덧붙였다.

"네가 좋고 나쁨을 말하는 게 아니야. 단지……."

"내가 언제…… 너한테 먼저 캐주얼한 관계로

지내자고 했어?"

호는 들릴 듯 말 듯 내뱉었다. 호는 나를 똑바로 쳐다보지도 못했다.

"너 왜 사람을 보지도 않고 말해?"

내가 따지듯 물었다. 호는 굳어버린 얼굴을 어쩌지 못하고 한참을 침묵하다가 나지막하게 말했다.

"전 여친이 내가 똑바로 쳐다보면 무섭다고 했어……."

호와 나 사이에 어색한 정적이 흘렀다. 나는 맥주를 홀짝이며 재미없으니 분위기 흐리지 말고 다른 얘기를 하자고 했다. 호는 여전히 시선을 내리깔고 중얼거렸다.

"넌 내가 사라져도 대체할 친구들이 많겠지……."

아주 작은 목소리였지만 또렷하게 들렸다.

"그래서? 내가 타격이 없을 거라고 생각해?"

나는 발끈해서 입을 마구 놀렸다.

"네가 이런 애라는 걸 그 애가 봐야 하는데."

내가 정신을 차렸을 땐 호가 내게 줬던 코끼리 인형을 번쩍 들고 서 있었다. 뭐야 내놔, 하며 낚아채려 했지만 나보다 20센티미터는 큰 호에게 팔이 닿지 않았다. 내가 눈을 맞추려 했지만 호는 입을 꾹 다물고 끝까지 시선을 피했다. 나를 쳐다보면 분노를 쏟아낼 것 같아서인지 눈물을 흘릴 것 같아서인지 알 수 없었다. 호의 굳게 닫힌 입은 끝내 열리지 않았다. 호는 이내 순순히 코끼리 인형을 내게 건네고 바를 나섰다.

그 후로 며칠간 호에게서 연락이 없었다. 나는 사과해야겠다고 생각했지만 이 꼴로밖에 말할 줄 몰랐다. '삐졌냐?' 호는 메시지를 읽고도 답이 없었다. '스페셜 텐동 사줄게' 해도 호는 여전히 답이 없었다. '나 말고도 인간관계 많잖아. 너 또 그렇게 말하고 싶지?' 답이 없었다. 이렇게 또 관계 하나 망쳤구나. 재수 없는 새끼. 한참 뒤에 답이 왔다.

—나도 나를 보호해야지.

그냥 그렇게 왔다. 뭐라 덧붙이는 것조차 부질없다는 듯. 비난도 없었다. 말을 함부로 하는 나의 무딤이 자신에게 위험이 된다는 듯. 고개를 떨구고 있던 호의 어두운 표정이 어른거렸다.

*

계절이 두 번 지나가는 사이 틴더에서 독일 남자를 한 달 정도 만나고 헤어졌다. 나는 만나지도 않고 그에게 이별을 통보했고, 이번에야말로 내가 누굴 진득하게 만날 상태가 아니라는 걸 확인했다. 드물게 만난 남자들에게 연애 생각이 없다고 밝혔고, 그들이 연애하고 싶어 하는 낌새를 보이면 매번 도망쳤다.

회사에서 회의실을 이용하다가 노랗게 물드는 석양을 볼 때면 가끔 호가 생각났지만 연락할 마음은 들지 않았다. 내게 호감을 가진 사람을 곁에 두었고, 가볍고 유쾌한 친구들이 있었다. 그래도 가슴 한편에 뭔가 걸려 있는 기분이었다. 차라리 호와 연애를 하다 헤어졌으면 싫어졌거나 했을 텐데 은은하게 미안함과 상실감이 있었다.

어느 날 답답한 마음에 정처 없이 걷다 보니 여의도 한강공원이었다. 여름밤 생기 넘치던 공원은 겨울의 끝자락에 인적도 없이 황량했다. 호가 뛰어 올라갔던 'I SEOUL U' 조형물을 보며 나는 문득 카톡 창을 열고 호에게 메시지를 적었다.

—상처 주는 말 해서 미안해. 넌 누구보다 복잡한 거 같으면서도 버블티 하나로 세상에서 제일 행복해하는 단순한 애잖아. 구글 포토 '추억 속 오늘' 같은 건 끄고. 안정감을 찾고. 매사에 의미를 부여하는 걸 귀한 재능으로 알아봐주는 사람을 만나.

전송 버튼을 누르려다가 나답지 않다며 지워버렸다.

*

—솔 씨, 저 상 탔어요. 모로코 음식 사준다고 했던 약속 지키고 싶어요.

웬 존댓말. 전혀 상상해본 적도 없는 호의 연락이었다. 다섯 달 만이었다. 반갑고 고마웠다. 무슨 상이냐고 물었더니 신춘문예 시나리오 부문이라고 했다.

—신춘문예라니, 왠지 멸치에다 깡소주 잘 마실 거 같다.

—ㅋㅋㅋㅋ 강소주가 표준어야. 나 익명으로 발표하고 싶어서 필명 고민 중이야.

—익명으로? 미쳤어? 나 같으면 틴더 프로필

sinchoonmunye로 바꿨다.

—미쳤나 봐. ㅋㅋㅋ

아무 일도 없었던 것처럼 대화가 이어졌다. 호는 살던 곳의 계약이 끝나면서 성동구로 이사 갔다고 했다. 나는 더 이상 동네 친구는 아닌 호가 어떻게 달라졌을지 궁금했다.

우리는 이태원의 모로코 음식점에서 만났다. 호는 자기에게 직장이 생긴 것도 아니고, 생활이 달라진 건 하나도 없다고 했다. 게다가 이번에 쓴 시나리오는 상업성과는 거리가 멀어서 영화화되기는 어려울 거라고 덧붙였다. 호의 태도가 예전과 달리 조금은 여유로워 보였다.

“사람들이 축하해주는데 정작 너한테 축하를 받지 못해서 별로 기쁘지 않더라고. 시상식 뒤풀이에서 내내 슬픈 생각만 들었어.”

“으이구, 또 울었어?”

나는 전 여친의 사진을 보고 툭하면 서럽게 울던 호를 떠올리며 물었다.

“아니, 울지는 않았어.”

호가 담담하게 말했다. 우리가 서로에게 눈물

한 방울의 사이도 되지 않는다는 게 나쁘지 않았다. 오히려 그 담백함이 좋았다. 우리가 뭐 애증의 연애를 한 것도 아니니까, 이 정도로 가볍게 화해할 수도 있다고 생각했다.

"많이 우울해하더니 그래도 글을 완성했네."

"네 덕분이야."

"뭐가?"

"나 추위 많이 탔는데 그럴 때마다 여의도의 햇살을 떠올렸어."

호가 빙긋이 웃었다.

"나는 정말 네가 아니면 유령이었어. 그 시기를 함께 보낸 사람이 너밖에 없었어."

호가 '그 시기'라고 표현하는 걸 들으니 정말로 한 시기가 지나간 느낌이었다.

"그리고 나는 끈질기니까 할 수 있을 거라고 네가 그랬잖아."

내가 근거도 없이 쉽게 한 그런 말조차도 그때의 호에게는 필요한 말이었다고 했다. 내가 호에게 무엇을 해주었나 생각해봤다. 아무리 생각해도 내가 적적할 때 불러냈던 새벽들만 떠올랐다. 호가 나를 필요로

할 때 나는 큰 위로를 줄 만큼 여유로운 인간이 아니었다. 그저 시간을 같이 보내며 밥을 먹고 술을 마시고 시시껄렁한 농담을 나눴을 뿐이다.

나는 민망해서 희궁과는 어떻게 됐냐며 화제를 돌렸다. "그냥 흐지부지됐어" 하고 호가 쓴웃음을 지었다. 잘 만나고 있으리라고는 생각지 않았지만 내 예상을 깼으면 하는 마음도 있었다. 요즘은 누구 안 만나냐는 물음에 호는 고개를 저었다.

"요새는 틴더도 안 해."

나는 그럼 무슨 데이팅 앱 해? 하고 놀리고 싶었지만 참았다.

"비슷한 패턴으로 또 누구에게 빠지고, 가까워지고, 멀어지고, 아파하고, 그렇게 계속 돌아가는 컨베이어 벨트가 있다면 나는 스위치를 꺼두고 싶어. 이제 아예 거기에서 내려오고 싶어."

호는 정말로 지친 기색이었다.

"그래. 뭐, 꼭 누구를 만나야 하는 건 아니니까."

우리는 노아 바움백의 신작이 개봉되면 같이 극장에 가자는 약속을 나눴다. 헤어지기 전 호는 요즘 식물에 애정을 쏟고 있다고 말했다.

"고양이를 기르고 싶은데 여력이 안 돼서 식물을 기르기 시작했어. 그런데 만질 수 없어서 아쉬워. 자꾸 만지면 잎사귀가 열을 받아서 시들어버리더라고."

*

그 만남 이후 몇 달이 흘러 호와는 연락이 뜸해지고 예전처럼 지내지 않게 되었다. 물리적으로 멀어진 거리 때문만은 아니었다. 내게는 새벽 2시에 카톡으로 'ㅋㅋㅋㅋ'를 나눌 다른 친구가 생겼다. 호도 내가 아닌 누군가를 찾았을까.

방의 불을 끄고 잠들기 전 침대에 누워서 틴더를 돌렸다. 나는 타투이스트, 군인, 디자이너, 다양한 남자들의 프로필을 넘기다가 익숙한 풍경을 보고 멈췄다. 햇살 가득한 여의도 회사 회의실에서 노트북을 보고 있는 남자, 호였다. 닉네임은 '춘'이었다. 풋, 하고 웃음이 났다. 틴더 안 한다더니. 그래, 틴더는 계절 같은 거니까. 나는 한참을 그 사진을 보고 있었다. 어쨌든지 호가 혼자 있으려 하지 않는다는 게 짠하고 안심이 됐다. 호의 프로필에는 이렇게 적혀 있었다.

'I TINDER U'

'ㅋㅋㅋㅋ' 웃으며 호에게 이거 뭐냐고 캡처해서 보낼까 생각했다. 내게 '아이 틴더 유'가 '얼마든지 네게서 사라질 수 있다'라면, 호에게는 '아이 틴더 유'가 '어쩌면 나와 잘 맞는 사람을 만날 수 있을 거야'라는 낭만적인 말일 거였다. 여전히 그곳에서 무언가를 찾는지, 이제는 잠들기 전에 울지는 않는지, 정말로 호가 잘 맞는 누군가를 만났으면. 새벽 2시, 앱에 뜬 수천 명의 사람 중에 대체할 수 없는 나의 스페어, 나의 친구 호는 이제 나로부터 17km 떨어져 있다.

바람이 불기 전에

인자 씨가 전화를 걸어와 이번 부산행에 따라가겠다고 했을 때 극구 말렸던 것은 예매 현황 때문이었다. 〈플레이백〉 예매 창이 열린 지 한참이 지났는데 60석에서 단 한 자리도 줄어들지 않고 있었다. 예매 현황이 누구에게나 공개되는 건 참 서글픈 일이다. 영화의전당 홈페이지에 들어가 시네마테크관의 좌석배치도를 보니 212석이나 됐다.

물론 〈플레이백〉이 보름 남짓 소규모 개봉을 했던 8년 전에도 상황은 그다지 좋지 않았다. 하루 전국 관객 1명이 찍힐 때가 있었고, 나는 관객이 한 명도 들지 않은 상영 회차의 극장을 상상해봤다. 과연 그 회차는 상영했을까? 그건 일종의 'Screening without Audience'라고 이름 붙일 수 있는 현대미술 작품처럼 느껴진다. 그쯤 되니 나는 독립영화 감독이 아니라 현대미술 작가라고 불려야 하는 것은 아닐까 생각했다.

이번 독립영화 기획전에 나를 초청한 정 프로도 지금쯤 객석을 채우기 위해 발을 동동 구르고 있겠지. 왜 하필 평일 낮 상영인지 묻고 싶었지만, 세상일이란 게 다 사정에 의해 돌아간다는 것쯤은 알고 있었다(주말 상영은 더 주목받았던 작품이 차지했다).

"사람도 없을 거야."

내가 전화기에 대고 인자 씨에게 말했다.

"뭐 언제는 사람이 있었니. 월요일 낮이라며. 또 대여섯 명 앉아 있겠지."

"……대여섯 명도 없을 수도 있어……."

"그럼 널 왜 불렀다니. 유명 감독도 아닌데 너 온다고 누가 보러 오니?"

인자 씨는 독립영화 감독을 아들로 둔 엄마답게 훌륭한 배경지식을 가지고 있었다. 인터넷에서 영화 제목과 아들의 이름을 검색해보고, 포털 사이트에서 빤하게 지인 티가 나는 별점 만점의 댓글을 달기도 했다.

"나도 몰라. 왜 불렀는지."

"그러니까 엄마가 같이 가줄게. 아무도 안 가는 것보다 낫지."

마음은 고마웠으나 인자 씨가 함께 가는 게 더 처량할 것 같았다. 독립영화 상영관의 한적한 객석이야 내게는 익숙한 것이었지만, 인자 씨 혼자 텅 빈 극장에서 아들의 영화를 보는 수모를 겪게 하고 싶지는 않았다.

안 그래도 명랑한 편에 속했던 인자 씨가 요사이 우울해진 게 내 탓인 것 같아 부채감을 느끼고 있었다. "추석 때 너 안 온 거 엄마가 엄청 서운해했어. 이 기회에 효도 좀 해"라고 며칠 전 전화를 걸어온 누나도 거들었다. 내가 인자 씨를 피해 다닌 건 인자 씨가 내 얼굴을 볼 때마다 민주와 갈라선 이유를 집요하게 물으며 듣기 싫은 소리를 해서였다.

"넌 내 덕분에 상 탄 줄 알아라."

수화기 너머 인자 씨의 말에 아무 반박도 하지 못했다. 〈플레이백〉은 인디밴드의 베이스였던 내가 음악 하던 친구들과 인자 씨를 촬영한 다큐멘터리다. 우수상을 준 영화제 심사위원들도 다음과 같은 심사평으로 인자 씨의 공을 인정했다. '꿈을 노래하는 청춘들의 이야기가 어머니의 활약으로 인해 현실의 고민을 담은 보편적인 이야기로 확장될 수 있었다.' 다큐멘터리 속에서 인자 씨는 "어휴, 네가 하고 싶은 거 꼴리는 대로 하고 살아" 같은 대사를 날리며 신스틸러 역할을 톡톡히 해냈다.

"이번 여행은 그때 못 받은 출연료 대신이라고 생각해. 그러니까 아주 호화롭게 모셔야 돼."

인자 씨가 쐐기를 박았고, 졸지에 이번 부산행은 1박 2일 일정의 효도 여행으로 정해졌다. 꼭 인자 씨의 동행이 아니더라도 이번에 정 프로의 연락을 받고 여러모로 복잡한 심경이었다. 잊힌 10년 전의 영화를 기억하고 불러준 데 대한 고마움도 있었지만, 마냥 기쁘지 않았던 것은 다른 곳이 아니라 부산에 간다는 사실 때문이었다. 부산에 간다고 생각하자 나는 반사적으로 민주를 떠올렸다.

민주에게서 마지막으로 연락이 온 것은 올해 초겨울의 끝자락이었다. 이제는 전 아내가 된 민주와는 1년에 한 번 정도 생일축하 메시지를 주고받고, 인스타그램에서 서로의 안부를 확인하지만 하트는 누르지 않는 정도의 사이였다. 편집실에서 납품해야 하는 영상의 데드라인에 쫓기며 철야를 하고 있는데 메시지 알림이 울렸다. 시간을 보니 새벽 2시였다.

—승주 씨 SOS.

뜻밖의 메시지를 확인한 후 무슨 일인가 싶어 곧바로 전화를 걸었다. 전원이 꺼져 있다는 안내음이 나왔다. 뭐지, 이게 무슨 상황인가, 생각하고 있는데 또 메시지가 왔다.

—나 배터리 없어서 아이패드로 문자 남겨요. 택시 안 잡히고 카카오택시도 못 부르는 상황인데 버거킹 해운대비치-부산서중학교로 카카오택시 좀 불러주면 안 될까.

—부산?

—응. 나 부산에서 지내고 있어.

부산이라니. 내가 알기로 민주는 부산에 아무런 연고도 없었다. 어찌 된 일인지 묻고 싶은 게 많았지만 우선 민주의 부탁대로 출발지와 도착지를 설정하고 택시를 호출했다. 탐색하는 표시가 한참 동안 계속되어도 택시는 잡히지 않았다.

—내가 서울로 뜨니까 장난인가 싶어서 콜을 안 받나. 안 잡히네.

—길에서 와이파이 겨우 잡는 중. 너무 춥다.

버거킹 앞에서 떨고 있을 민주의 모습이 떠올랐다. 이 시간까지 술을 마신 걸까. 야근한 걸까. 알 수 없었다. 계속 택시 호출에 실패해서 선결제 호출을 해봤다. 겨우 택시가 잡혔고 나는 즉시 기사에게 전화를 걸었다.

"기사님, 지금 아내가 폰이 꺼져서 대신 불러준 건데요. 장난치는 거 아니니 걱정하지 마시고요. 네, 잘 부탁드립니다."

나도 모르게 아내라는 말이 나왔다. 민주를 태운 택시가 광안대교를 달리고 있는 게 핸드폰 화면에 실시간으로 떴다. 택시 안에서 민주가 보고 있을 부산의 야경을 떠올렸다.

여전히 보조배터리는 안 가지고 다니는구나. 매번 방전 상태인 민주의 폰에 수혈하듯 내 보조배터리를 연결하며 충전 좀 하고 다니라고 잔소리를 하곤 했다. 나는 여행 갈 때면 보조배터리를 비상용으로 두 개씩 챙기는 성격인 반면에 민주는 회사와 집을 오갈 때도

배터리가 꺼져 연락 두절 되는 일이 잦았다. 답답해하던 내가 "보조배터리 하나 사줄까?" 하고 물었을 때도 민주는 고개를 저으며 "승주 씨가 있잖아" 하고 눈이 반달 모양이 되게 웃었다. 거기에 "내가 언제나 곁에 있을 수는 없잖아"라고 대답해서 민주는 무척 서운해했다.

—고마워. 덕분에 잘 들어왔어.

민주가 도착을 알렸다. 종종 집으로 가는 버스 방향도 잘못 타곤 했던 민주가 연고도 없는 타지에서 산다는 게 걱정이 됐다. 이런 상황에서 늘 부르던 사람이 나였으니까 습관처럼 나를 찾은 거였을까. 다른 도움을 청할 만한 사람은 없는 걸까. 가령, 요즘 만나는 사람, 하고 생각하다가 이제 어차피 내가 궁금해할 일이 아니라며 피어오르는 생각에 제동을 걸었다.

—언제 부산 올 일 있으면 차 한잔하자. 내가 좋은 데 데려갈게.

민주의 그 메시지를 받았을 때는 그냥 인사치레로 여겼다. 내가 부산에 갈 일은 앞으로도 쭉 없으리라 생각했으니까.

민주와는 영화의 기초를 가르치는 미디어센터 수

업에서 만났다. 그때 나는 밴드 멤버들을 1년 넘게 캠코더로 찍어오고 있었는데, 요즘의 브이로그처럼 일상을 매일같이 공유하는 문화가 있었다면 그렇게 긴 시간 뭔가를 찍지는 않았을 거다. 짙은 쌍꺼풀에 약간 졸린 듯한 표정을 한 민주는 의욕이 넘쳐 보이는 다른 수강생들과는 달리 인생을 따분하게 느끼는 듯 보였다. 마치 방전된 사람처럼 지쳐 보였달까. 같은 촬영 실습 조원이 되어서 대화를 나눠보니 민주는 편집 툴을 배우는 줄 알았지 작품을 만드는 수업인 줄은 몰랐다고 했다.

어느 날 민주가 내게 들릴 듯 말 듯 한 작은 목소리로 "저 수업 계속 들을까요?" 하고 물었고, 그걸 왜 나에게 묻나 싶었지만, 묘하게 귀를 기울이게 만드는 민주의 목소리를 더 듣고 싶었기에 나는 수업을 계속 들으라고 권했다. 종강 상영회 때 민주는 내 가편집본을 보고 눈이 사라질 정도로 깔깔 웃었다. 무심해 보이던 사람을 이렇게 웃게 만들다니 내가 대단한 무언가를 만든 것 같았고, 계속 민주를 웃게 만들고 싶었다. 내가 민주에게 편집 툴을 가르쳐주고, 민주가 종종 내 다큐 촬영을 도와주면서 민주는 내 삶의 반경인 밴드 하는 친구들 사이에 들어왔다.

부모의 불행한 결혼 생활을 보고 자란 민주와 나는 연애를 하면서 늘 서로에게 주지시켰다. 우리가 만나는 이유는 서로 행복해지기 위해서야. 애정이 식어 버리거나, 다른 사람에게 빠지거나, 남보다 못한 사이가 되면 헤어지자. "마음은 바람처럼 변덕스러운 거잖아"라는 민주의 말에 쿨한 척 동의했지만 한편으로는 민주가 도망갈 구석을 만드는 것 같아서 불안했다. 나는 그런 민주에게 믿음을 주고 싶었다.

〈플레이백〉으로 부산국제영화제의 레드카펫을 밟지 않았거나, 파리한국영화제에 초청되어 함께 프랑스에 가지 않았다면 우리는 결혼하지 않았을지도 모른다. 그건 우리 인생에 없을 줄 알았던 특별한 선물이었다. 세상의 먼 곳까지 가는 큰일을 함께 해냈다는 사실이 끈끈한 결속을 만들어주었다. 센강 유람선에서 본 에펠탑은 우리를 축복하는 것처럼 반짝였다.

"패러글라이딩?"

내가 놀라서 되물었다. 인자 씨가 부산행의 속내를 드러낸 건 김포에서 이륙 직전인 비행기 안에서였다.

"미숙이가 부산에서 패러글라이딩을 해봤는데

그렇게 좋대. 영도에서 바다 위를 나는데 아주 감동의 눈물을 줄줄 흘렸대."

굉음을 내며 비행기가 활주로를 달리기 시작했고 불안에 사로잡힌 나는 인자 씨의 손을 꼭 잡고 싶은 심정이었다. 아무리 현대 사회의 기술을 믿는다고 해도 이 커다란 기체가 떠오를 때 관자놀이를 스치는 그 기분은 언제나 불길했다. 나는 놀이기구라면 질색하는 사람이었고 범퍼카 정도가 나의 최대치였다. 하물며 패러글라이딩이라니. 부산이 패러글라이딩의 명소라는 것도 처음 듣는 얘기였다. 산으로 둘러싸인 풍경이 아니라 바다와 도시를 배경으로 하는 비행이 특색인 모양이었다.

"나는 그럼 엄마 하는 거 구경할게."

"나 혼자 하니? 너도 같이해야지."

"왜 갑자기 안 하던 짓이야."

"바람 쐬고 하늘에서 새로운 시야로 보면 너도 좀 나아지지 않겠어?"

"내가 뭐. 내가 무슨 문제가 있다고 그래."

내 목소리에 짜증이 섞였다. 누나가 인자 씨에게 요즘 내가 우울증 약을 먹는다느니 쓸데없는 소리를 한 게 틀림없었다. 패러글라이딩을 통해 성취감을 느끼는 것도 우스웠다. 내가 조종하는 게 아니고 조종사의 비행에 매달려 앉아 있는 거라면 비행기와 다를 게 없지 않은가. 나는 패러글라이딩을 피하기 위한 온갖 생각을 이어갔다. 비행을 한다고 해서 새로운 시야라니 그건 상투적이지 않은가. 이미 세상은 드론과 액션캠 덕분에 유튜브에서 고화질로 윙슈트 비행을 보거나 이전에는 불가능했던 독수리의 시점도 볼 수 있게 되었는데.

"영화 만든다는 애가 모험을 그렇게 안 좋아해서 어떡하냐. 집구석에 앉아만 있지 말고 하루에 만 보씩만이라도 좀 걸어. 그러다 다리 다 퇴화돼."

나는 또 시작했다는 듯한 표정을 하고 창밖으로 시선을 돌렸다.

"넌 엄마 말이 전부 잔소리로 들리지. 하여튼 바람 쐬면 나아질 거야."

계속 나를 어딘가 문제 있는 환자 취급하는 게 짜증이 났다. 나는 속으로 '안 타, 못 타'를 반복하고 있었다.

승주야. 바람 쐬러 가자.

어릴 적에는 인자 씨가 이렇게 말을 꺼내면 나

는 인자 씨의 손을 잡고 어디론가 여행을 떠났다. 아빠라는 작자가 일으킨 두 차례의 사업 부도와 그 와중에 벌인 꼴같잖은 외도로 이혼한 뒤, 속에 천불이 끓던 사십대의 인자 씨는 나를 데리고 전국 곳곳을 돌아다녔다. 인자 씨와 나는 정확히 서른 살 차이가 나니까 그건 나의 십대이기도 했다. 그런 여행은 내가 이십대가 되어서도 조금 연장되었는데 1박 2일로 (오륙십대 부부가 주를 이루는) 국내 패키지여행을 다녔다. 거기서 오십대와 이십대 모자는 분명 드문 조합이었다. 그러다가 내가 연애를 하거나 하면 모자 여행을 가는 일은 줄어들었다. 내가 "엄마도 누구 좀 만나"라고 말할 때마다 인자 씨는 "이 나이에 내가 누굴 만나냐. 혼자가 속 편해"라고 응수할 뿐이었다.

김해공항에서 영도까지는 거리가 꽤 있었다. 영도로 향하는 택시에서 생전 안 하던 인스타그램 스토리에 부산 상영 소식을 올렸다. 민주에게 부산에 온 것을 알리고 싶었다. 담백하게 '시간 맞으면 보자' 같은 메시지를 보낼까 하다가 말았다. 혹시나 민주에게 부담을 주고 싶지는 않았다. 민주와는 거리를 잘 유지하고 있었다. 잠을 못 이루고 괴로워하며 수면유도제를 먹던 날들도 있었지만, 다 지나간 일이었다.

영도 해안 절벽 위에 위치한 흰여울마을의 좁다란 골목길을 걸으면서 인자 씨는 "어머, 정말 외국 같다. 여기가 한국의 산토리니래" 하고 감탄했다. 태양 빛에 반짝이고 있는 영도 앞바다에는 큰 배들이 평화로이 정박해 있었다. 영도와 송도를 잇는 남항대교를 풍경으로 두 쌍의 패러글라이더가 비행을 했다. 주황색 패러글라이더를 따라 우리의 시선이 움직였다.

흰여울길을 따라 계속 걸었더니 방파제 뒤편으로 '엑스스포츠광장'이라는 빨간색으로 포장된 공터가 기다랗게 펼쳐졌다. 광장은 스케이트보드와 킥보드 타는 아이들, 조깅하는 사람들, 농구 하는 사람들로 붐볐다. 광장에 대기하던 패러글라이딩 업체 직원이 무전을 주고받으며 착륙할 자리를 확보했고, 곧 하늘에서 조종사와 탑승객이 탄 거대한 패러글라이더가 착륙 지점에 정확하게 하강했다. 인자 씨는 어머, 어머, 하고 눈이 커져서는 박수를 치며 조종사들에게 다가갔다. 방금 비행을 마친 조종사들은 서로를 삼촌과 대장으로 불렀다. 두 사람은 사십대 후반 정도로 보였는데, 긴 머리에 헤어밴드를 한 삼촌은 과묵했고, 가무잡잡하고 거친 피부의 대장은 강인해 보였다.

"안녕하세요. 저희가요, 내일 패러글라이딩 하려는데요."

인자 씨가 장비를 정리하고 있는 그들에게 다가가 물었다. 대장이 인자 씨와 그 뒤에 따라온 나를 바라봤다.

"내일은 비행이 없어요."

"어머, 어떡해. 저희 내일 오전에 타려고 했는데."

"어머님, 이게 놀이기구가 아니라서요. 바람이 불어줘야 가능한 거니까요. 내일은 영도에 바람이 안 불어요."

인자 씨는 대번에 실망한 표정이 됐다. 대장은 손목시계를 보더니 하늘을 살폈다. 하늘은 불그스름한 기운이 미세하게 물들고 있었다.

"타시려면 오늘 타셔야 돼요. 서두르면 해 지기 전에 비행 가능하겠는데요."

그 말에 인자 씨가 눈을 반짝이며 나를 돌아봤다. 나는 아랫입술을 지그시 깨물었다.

삼촌이 거칠게 모는 봉고차가 꼬불꼬불 굽이진 봉래산 산길을 올랐다. 차량 상단의 손잡이를 꽉 잡고 이쪽저쪽으로 휩쓸리면서 벌써 멀미가 나는 듯했다. 패러글라이딩만 30년째라는 대장은 바람 좋은 날엔 밀양에서 부산까지 80킬로미터도 넘게 난다며 무동력 비행의 매력을 설파했다. 이륙할 때 계속 앞으로 달려가야 하는데 절대로 멈추거나 주저앉아버리면 안 된다고 주의 사항을 덧붙였다.

봉래산의 8부 능선까지 차로 오른 뒤 약간의 등산을 해야 했다. 아직 마음의 준비가 안 된 내게 대장이 "이제 장비를 짊어지고 가야 해요. 아드님, 타실 거예요?" 하고 물었다. 인자 씨가 재차 "엄마 소원이다, 소원"이라고 했고, 그 간절한 눈빛에 나는 에라, 모르겠다, 될 대로 돼라는 심정으로 타겠다고 했다. 대장과 삼촌은 큰 부피의 패러글라이딩 장비를 배낭처럼 짊어지고 산을 올랐다.

정상에 있는 활공장에 도착하자 작은 억새밭 너머로 감탄이 나오는 풍경이 기다리고 있었다. 남쪽으로는 바다가 끝없이 펼쳐졌고, 서쪽으로는 섬들이 가덕도 너머 거제도까지 층층이 펼쳐졌다. 광활한 바다에 닿을 내린 수십 대의 큰 배들이 점점이 떠 있는 게 장관이었다. “묘박지라고 해요. 배들의 주차장인 거죠”라며 대장이 설명했다. “배들이 쉬고 있는 거 보니까 좋다” 하고 인자 씨가 말했다. 나는 최대한 비행에 대해서는 생각하지 않으려 하며 주섬주섬 한 벌로 된 비행복으로 갈아입었다. 여기서 뛰어내린다는 생각을 계속하면 겁을 먹고 포기해버릴 것 같았다. 비행을 앞두고 들뜬 인자 씨를 보니 그래도 같이 오길 잘했다는 생각이 들었다. 배들이 떠 있는 바다를 배경으로 비행복을 입은 인자 씨의 그럴싸한 모습을 여러 장 찍어줬다. 잘 나온 사진이 한동안 인자 씨의 카톡 프로필 사진으로 쓰일 것 같았다.

“자, 어머님 이제 준비하시죠” 하고 갑자기 대장이 서두르기 시작했다. 대장이 인자 씨의 장비를 점검하고는 활공장 경사진 곳에 내려가 서서 비행할 준비를 했다. 삐이— 삐이— 하고 정체를 알 수 없는 경고음 같은 것이 계속 들려서 신경이 날카로워졌다. 바리오미터라고 부르는 고도승강측정기 소리였다. 진짜 뛰는 건가. 몸에 힘이 들어가고 긴장되기 시작했다. 인자 씨와 함께 달려 나갈 자세를 한참 잡던 대장이 뒤를 돌아봤다. 뒤에 서 있던 삼촌이 담배에 불을 붙여 한 모금 빨더니 연기를 내뿜었다. 바람 방향을 살피는 거였다.

"완전 배풍이다, 배풍. 바람이 뒤로 부네요. 조금 더 기다려보죠."

삼촌이 말했다. 깃대에 매달려 바람의 방향과 상태를 알려주는 윈드삭이 구겨진 채 아래쪽으로 힘없이 처져 있었다. 구름 사이로 서쪽 하늘이 붉게 노을 지고 바다도 점점 주황빛으로 물들어갔다. 인자 씨와 나는 불안한 표정이 됐다.

"원래 여기 올라와서도 바람 좋을 때까지 한두 시간 기다리기 일쑤예요. 바람 되면 하고, 안 되면 할 수 없지요. 5시 반까지 기다려보고 철수합시다."

초조한 마음으로 기다려봤지만 사라진 바람은 다시 돌아오지 않았다. 나는 상심한 인자 씨에게 다음 기회를 노리자고 말하려고 했다. 그래도 이런 귀한 풍경을 보고 기념사진을 실컷 찍었으니 좋지 않냐고. 충분히 바람을 쐰 것 아니냐고. 그러나 크게 실망한 인자 씨의 모습을 보니 마음이 좋지 않았다. 거짓말처럼 바람이 멎었으니 다시 거짓말처럼 바람이 불어주기를 바랐다.

"10분만 더 기다려봐요."

인자 씨가 의지를 보였다.

"패러글라이딩은 원래 운때가 맞아야 타는 거예요. 좀 서두르시지 그러셨어요."

대장의 목소리에는 단호함이 깔려 있었다.

"내일은 비행이 없다고 하셨죠?"

내가 물었다.

"네. 내일은 영도에 바람이 없어요. 내일은 청도에 갑니다. 한 시간 정도 걸리고요. 갈 때는 저희랑 같이 갈 수 있고 올 때는 청도역에서 기차 타고 돌아오시면 됩니다. 영도처럼 바다 풍경은 없어도 청도는 산이 높고 단풍이 한창일 때라 좋아요."

내일 영화 상영 후에 6시 비행기를 타러 김해공항에 가려면 청도에 가기에는 시간이 부족했다.

"내일 저희 비행기 시간 때문에 안 되겠네요……."

"그럼 어쩔 수 없지요. 다음번에 부산 오시면 하셔요. 자연을 거스를 수는 없잖아요?"

느긋하게 말하는 대장의 말에 인자 씨도 수긍했지만 못내 아쉬운 표정이었다. 앞서 네 팀이나 비행했다고 하는데 바람이 잘 불다가 갑자기 안 분다니. 나도 큰마음을 먹고 타겠다고 했는데 이렇게 되자 맥이 풀렸고, 비행 후에 인자 씨가 호들갑을 떨며 좋아했을 모습을 생각하니 속이 상했다. 타오르듯 붉어진 하늘이 금세 어슴푸레해지더니 어둠에 잠겼다.

민주는 여러 면에서 나와 달랐다. 민주는 늘 새로운 것을 추구했고 또 금세 질려했다. 그에 비해 나는 새로움보다는 익숙함이 좋았다. 처음 우리가 서로에게 빠져들었을 때는 그 다른 점을 매력으로 느꼈다.

결혼한 지 두 해가 지나고 민주는 내게 애정이 남아 있지 않다고 했다. 나는 당연히 상처받았지만, 흔히들 겪는 권태일 거라고 생각했다. 나는 민주에게 내가 뭔가 잘못했는지 무엇이 문제인지 물었다.

"승주 씨가 자책할 일은 아닌 것 같아. 승주 씨가 매력이 없어져서라거나 그런 게 아니야. 그냥 사라져버렸다는 거야."

"그래. 어떻게 사람이, 애정이 한결같니. 정으로, 공유한 추억으로 사는 거지. 사람들은 관성으로 만나. 노력을 하면서 만나."

부부 상담을 받았고 내가 해볼 수 있는 최선을 다했다. 소용없다는 민주에게 결혼이 무슨 장난이냐고 책무를 다하라고 비난하기도 했다.

"혹시 다른 사람 생긴 거야?"

기어이 상투적인 질문을 던지고는 자존심 상하고 비참해서 눈물을 글썽였다. 민주는 그마저도 아니라고 했다. 잘못의 무게를 저울로 달아 상대를 비난하는 것도 맞불이 붙어야 가능한 일이었다. 우리는 대화를 잃었고, 가끔 용건만 말하는 사이가 되었다. 민주는 더 이상 내가 필요하지 않은 것처럼 굴었고, 나는 버림받은 기분이었다. 민주는 자신도 애정이 사라진 게 비통하고 이해가 가지 않는다고 했다.

"민주 씨 스스로도 이해되지 않는데 나보고 이해해달라는 거야?"

"승주 씨도 영화에 대한 열정이 어느 날 사라졌잖아?"

민주가 비난의 어조는 조금도 담지 않고 읊조리듯 말했다.

〈플레이백〉 이후로 내 필모그래피는 이어지지 않았다. 뭘 모르는 주변 사람들은 이제 상업영화 감독이 되는 거냐고 '이 감독'이라고 부르며 호들갑을 떨었지만 나는 끊임없이 내 재능을 의심했다. 해외 영화제를 다녀오고 어디서 수상하고 이런 건 수명이 딱 반년이었다. 뒤늦게 영화학교를 가서 3년을 보내고, 졸업 후 준비하던 영화가 4년 만에 엎어졌을 때 속으로 이만하면 됐다고 생각했다. 언제까지고 꿈만 좇는 나를 민주가 떠나도 할 말이 없었기에 두려웠다. 그 뒤로는 가끔 하던 외주 작업이 주가 되었고, 아예 영상 프로덕션을 차렸다. 민주와 나를 위해서는 현실적인 생활이 필요하다고 줄곧 생각했다. 그런데 민주는 마음이 사라진 게 그런 이유가 아니라고 했다.

"어쩔 수 없지……."

끝내 지친 내가 민주에게 말했다. 나를 더 이상 원하지 않는 사람을 달리 어쩔 수 없었다. 그렇게 끝이었다. 내가 노력을 그만두니 우리 관계가 그토록 쉽게 끝난다는 게 믿기지 않았다.

예약해둔 영도의 호텔은 오션뷰가 좋다는 후기가 많은 곳이었다. 인자 씨는 상심했는지 저녁을 먹고 숙소로 오는 내내 말이 없었다. 인자 씨의 기분을 풀어주고 싶었다. 체크인 후 엘리베이터를 기다리면서 인자 씨에게 짐짓 살갑게 굴었다.

"엄마, 맨 위층에 스카이 바가 있대. 야경도 좋을 거야."

"그런 데는 젊은 애들이나 가는 거지. 할머니가 그런 델 왜 가."

"엄마가 무슨 할머니야."

"네 엄마 이제 내년부터는 지하철 돈 안 내고 타는 나이야."

"요즘 육십대는 노인도 아니지 뭐. 가자, 아무도 엄마 신경 안 써."

엘리베이터를 타고 28층에 내리자 어둑한 바에는 확실히 젊은 사람들뿐이었다. 인자 씨와 나는 야경이 잘 보이는 테라스 쪽에 마주 앉았다. 고요한 영도 밤바다는 도시의 불빛을 머금고 일렁이고 있었다. 우리는 바에서 파는 '봉래산 티라미수'라는 산 모양의 조각 케이크를 안주 삼아 와인 잔을 부딪쳤다.

"엄마, 왜 그렇게 패러글라이딩이 하고 싶었어?"

"미숙이가 마음이 뻥 뚫렸다고 하더라고. 너도 나도 요 몇 년 사이 잘 안 풀리고 답답했잖니……. 너랑 같이 하늘을 날면 좋을 것 같았어."

"어쩔 수 없잖아. 다음에 하자."

내가 달래듯이 말하면서도 이 상황이 어색했다. 정해진 대로 되지 않으면 힘들어하는 쪽은 보통 내 쪽이었다. 세상일이 맘 같지 않은 걸 어떻게 하니, 하고 위로하는 쪽은 언제나 인자 씨였다. 한참 말없이 야경을 보며 와인을 홀짝이던 인자 씨가 나를 불렀다.

"승주야."

"응."

"민주랑 너희들 무슨 일 있었는지, 말 안 해줄 거야?"

나는 후, 하고 한숨을 길게 내쉬며 올 게 왔다고 생각했다.

"말했잖아. 할 말이 없다니까."

"설마 네가 잘못한 거 아니지?"

"무슨 잘못?"

"딴눈을 팔았다거나."

순간 화가 나서 눈에 힘을 잔뜩 주고 입을 꾹 다물어버렸다. 내가 화를 낼 때면 인자 씨는 옛말에 씨도둑 못 한다더니 어쩜 그렇게 제 아빠랑 똑같니, 하며 혀를 차곤 했다. 그 말이 떠올라 금세 표정을 풀었다.

"누구 잘못도 아니야. 그냥…… 남보다 못한 사

이가 됐으니까 헤어진 거야."

인자 씨가 한숨을 푹 내쉬더니 와인을 쭉 들이켰다.

"너희들 그렇게 헤어진 게 전부 내 탓인가 싶다. 네가 결혼 생활을 보고 배운 게 없으니까……."

인자 씨가 죄라도 지은 사람처럼 고개를 푹 숙였다. 꼭 이런 식으로 나를 불효자식 만들어야 해? 나는 인자 씨가 자책하고 있다는 게 화가 났다.

"그게 왜 엄마 탓이야? 엄마 정도면 훌륭하지. 그리고 아빠 있어서 거지 같은 집이 얼마나 많은데."

이런 청춘 드라마 대사 같은 말을 내뱉으려니 도저히 못 견디겠어서 남은 와인 잔을 다 비웠다. 와인 때문인지 화가 나서 그런지 열이 뻗쳤다.

"그럼 나는? 내가 이혼했다고 뭐 죄지은 기분으로 계속 지내야 해?"

"그건 아니지. 이혼이 죄니?"

"그래. 그러니까 엄마도 잘못 한 개도 없어."

내가 맞받아쳤다. 이런 대화를 나누는 게 우스워서 피식 웃음이 나왔다.

"이제야 균형이 맞네. 내가 이혼하고 나니까. 이

제야 좀 공평해."

내가 자조적으로 웃으며 내뱉었다. 내 말에 인자 씨가 기가 차다는 표정을 짓더니 픽 웃어버렸다. 인자 씨도 나도 술에 약한 사람들이었다. 와인 한 잔에 얼굴이 불그스레해진 인자 씨가 말했다.

"승주야. 내일 비행기 밤늦게도 있지?"

"응. 왜. 패러글라이딩 아쉬워서?"

"난 이번에 온 김에 꼭 했으면 좋겠어."

그 말에 우리 사이로 바람이 부는 것처럼 느껴졌다. 그건 인자 씨에게서 보아오지 못했던 확고한 태도였다. 그런 욕망은 귀한 것이었다. 아주 드물게 귀한 것이었다.

"이번에 안 하면 평생 못 할 것 같아. 내가 언제 또 누구랑 가서 패러글라이딩을 하니."

"비행기 취소도 안 돼."

인자 씨는 저 멀리 도시의 불빛이 일렁이는 바닷가를 바라봤다.

"취소가 안 되는 게 어딨냐. 다 취소할 수 있어. 비용을 치르면 되지."

나는 한 방 맞은 것처럼 눈을 크게 떴다.

"엄만 어떻게 그런 걸 다 알아?"

"엄마는 다 알지. 네 엄마가 모르는 게 어딨냐. 너보다 30년을 더 살았는데."

뽐내듯이 말하는 인자 씨가 정말 멋있게 느껴졌다. 내 나이에 누나와 나를 낳고 홀로 키우던 인자 씨를 떠올리니, 나는 비교도 안 될 만큼 대단한 사람이라는 생각이 들었다.

방에 내려오자마자 인자 씨는 가발을 벗어놨다. 가끔 본가에 가서 어딘가에 그렇게 놓여 있는 가발을 보고 깜짝 놀랄 때가 있었다. 씻고 나온 인자 씨를 찬찬히 살펴보니 머리숱이 휑했고 눈가와 볼에 핀 검버섯이 도드라졌다. 내가 기억하고 있는 모습보다 많이 나이 들어 보였다.

샤워를 한 후 트윈 베드에 몸을 뉘고 폰을 만지작거렸다. 민주가 내 인스타그램 스토리를 봤다는 표시를 확인했다. 문득 민주가 말없이 극장에 올 수도 있겠다는 생각이 들었다. 여행하면서 인터넷과 TV와 단절되어 다니다 보면 시끌시끌한 세상 소식을 잊게 된다. 내가 SNS에 접속했다가 뉴스를 보고 말했다.

"숀 코네리가 세상을 떠났다네. 엄마, 숀 코네리

좋아했어?"

"젊을 때 007 영화 많이 봤지."

1930년생인 숀 코네리의 부고를 듣고 그와 동갑인 클린트 이스트우드 생각이 났다. 인자 씨와 나는 클린트 이스트우드의 영화라면 극장에 가서 챙겨 볼 정도로 팬이었다. 그도 이제 언제 부고가 들려와도 크게 충격받지는 않을 나이였지만, 그날이 오면 몹시 슬프리라는 예감이 들었다.

낯선 곳에서 좀처럼 잠을 이루지 못하는 나는 불이 꺼진 방에서 한참을 뒤척였다.

"엄마, 자?"

"아니."

"엄마 정말 어디 안 좋은 거 아니지? 건강검진 언제 받았어?"

"얼마 전에."

"피검사만 하는 거 말고 내시경도 하고 제대로 하는 거 말이야."

"재작년에 했지."

"꼭 받아."

"잠이나 자."

노곤한 목소리였다. 적막 속에서 얼마나 시간이 흘렀을까. '취소할 수 있어. 비용을 치르면 되는 거야'라고 한 인자 씨의 말을 곱씹었다. 상념에 젖어 있던 내가 물었다.

"엄마, 엄마는 그 불같은 시간을 어떻게 견뎠어?"

대답 대신 인자 씨가 작게 코를 골았다. 나는 다시 예매 현황을 확인하고 변하지 않은 숫자에 이제는 체념했다. 이러다 아예 관객과의 대화가 취소되지는 않을까. 정 프로에게서 취소 전화라도 걸려오면 어쩔 수 없죠, 하고 민망함을 감추며 실없이 웃어야지. 관객이 오지 않는 걸 정말이지 어쩌겠는가. 패러글라이딩도 취소되고, 텅 빈 극장에서 관객과의 대화마저 취소된다면 이번 부산행은 효도는커녕 인자 씨를 더 우울하게 만들 것 같았다. 영화의전당 인근이나 해운대 해변에서 모객 행위라도 해야 하나, 생각하며 눈을 감았다.

아침으로 인자 씨와 호텔 조식을 먹으며 대장에게 비행을 하겠다고 연락했다. "어머님 비행기도 미뤘습니까. 하하. 그럼 이따 보이소" 하며 대장이 호탕하게 웃었고, 관객과의 대화가 끝난 후 우리를 픽업하기로 했다. 창밖을 보니 구름이 잔뜩 껴 있었다.

—승주 씨 부산 왔더라. 지금 영전 근처인데 시간 되면 상영 전에 커피 한잔할래?

영화의전당으로 향하는 택시 안에서 민주가 보낸 메시지를 확인했다. 상영까지는 두 시간이 남아 있었다. 이렇게 즉흥적으로 연락을 하는 것도 참 민주답다 싶었다. 메시지를 받고 표정이 복잡해진 나를 살피던 인자 씨가 물었다.

"뭔데?"

"아니, 친구가 상영 전에 커피 한잔할 수 있냐고 물어보네."

인자 씨가 내 얼굴을 가만히 바라봤다. 민주가 부산에 와서 지내는 것을 인자 씨가 알 리 없었다.

"누구 부산에 숨겨둔 애인이라도 있어?"

"그런 거 제발 엄마나 있으면 좋겠다."

"숨겨둔 애인? 생각만 해도 골치 아프다, 야."

인자 씨가 학을 떼며 손사래 쳤다.

"그럼 갔다 와. 이따 극장에서 만나면 되잖아."

"엄마는 어디 있게?"

"난 해운대 해변이나 좀 걸을래."

인자 씨는 차창 밖으로 시선을 돌렸다.

"엄마도 혼자만의 시간 좀 갖자."

영화의 '전당'이라니. 너무 거창한 이름이라고 생각했지만, 기네스북에 등재됐다는 축구장 1.5배 크기의 웅장한 지붕 아래 서서 형형색색의 LED를 올려다보고 있으면 그 이름에 수긍이 갈 만큼 압도되는 느낌이었다. 광장에는 스케이트보드를 타는 사람들이 있었고 야외 스크린에는 영화 예고편이 상영되고 있었다. 나는 커피를 든 채 주위를 둘러보며 민주를 찾았다. 야외극장의 수천 개 객석 가운데 앉아 있던 민주가 멀리서 나를 발견하고 손을 들었다. 나는 민주의 옆에 가서 앉으며 커피를 건넸다. 잘 어울리는 검정 니트에 검은색 와이드 팬츠를 입은 민주는 편안해 보였다. 나는 잘 지내지? 같은 어색한 인사말은 생략하고 어제 본 사람처럼 "부산엔 어떻게 오게 된 거야?" 하고 물었다.

"처음에는 제주에서 1년 살기를 할까 했어. 근데 난 운전을 못하잖아. 도시 아니면 안 되겠더라고. 여기 참 좋아. 영전도 있고."

"아무도 없는 데서…… 괜찮아?"

나는 걱정스럽다는 듯 민주의 얼굴을 바라봤다.

"나 무슨 유배 온 거 아니거든. 대학교 때 친구들도 있고."

민주는 부산에서 카페를 하고 있는 선배와 아보카도가 듬뿍 들어간 샌드위치 가게를 열기로 했다며 언젠가 먹으러 오라고 했다.

"근데 영화를 뭐 굳이 또 보려고 그래."

"승주 씨는 안 볼 거야?"

"난 안 볼 거야. 편집할 때 토할 만큼 질리게 봤잖아."

이제는 편집할 수도 없고 심지어 내가 나오는 영화를 지켜보는 건 어릴 적 실패한 고백 편지를 소리 내어 읽는 것처럼 고역이었다.

"그래도 10년 됐으니까 한번 봐봐. 극장에서 볼 기회 없잖아."

차라리 그 시간 동안 민주와 대화를 나누고 싶었다. 인자 씨도 민주도 영화를 보러 들어가면 나 혼자 밖에서 외로울 것 같았다. 그 둘과 같은 공간에서 함께 시간을 보내고 싶었다.

"끝나고 뭐 해? 바로 올라가?"

민주가 물었다.

"패러글라이딩 하려고."

"승주 씨가? 승주 씨 그런 거 무서워하잖아."

나는 놀란 표정의 민주에게 어제 있었던 영도 패러글라이딩과 봉래산 정상에서 갑자기 멎어버린 바람에 대해 들려줬다.

"역시 어머니 대단하시다. 나는 한 번도 패러글라이딩 해볼 생각 못 했는데."

"응. 홍 여사, 대단하지."

민주가 무언가 곰곰 생각에 잠겼다. 집중할 때 습관적으로 아랫입술을 깨무는 익숙한 표정이었다.

"나도 패러글라이딩 같이할까?"

민주가 장난기 가득한 얼굴로 물었다. 늘 이렇게 선을 침범하는 쪽은 민주였다. 진심으로 하는 소리일까. 민주의 갈색 눈동자를 바라봤다. 인자 씨와 민주와 나 셋이 패러글라이딩 하며 하늘을 날고 있는 모습을 떠올렸다. 정말 이상한 조합이었다.

"엄마도 있다니까."

"어머니는 좋다고 하실 거야."

"그걸 어떻게 알아."

"그렇게 어머니를 몰라?"

내 당황한 표정을 보고 민주는 잠시 침묵하다가 "장난이야" 하면서 깔깔 웃었다. 민주는 나를 놀리고 내 반응을 보는 걸 좋아했다. 그 웃음을 보니 우리가 함께 하던 예전으로 돌아간 것 같았다. 민주의 깔깔대는 웃음소리, 내가 들은 말이 맞는지 다시 묻게 만드는 작은 목소리, 이 모든 게 그리웠다. 우리가 헤어진 게 전부 거짓말처럼 느껴졌다. 결혼식에서 민주와 행진할 때, 드디어 평생의 친구가 생긴 것 같아서 기쁨의 눈물을 흘렸다. 내가 울자 하객들이 와하하 웃으며 박수를 쳤다. 그 모든 것을 이제는 잃어버렸다는 생각에 갑자기 슬퍼졌다. 마른침을 삼키고 슬픔을 떨치려 고개를 들어 영화의전당 지붕을 올려다봤다. 천장의 조명은 낮이라 고요히 꺼져 있었다. 9년 전 바로 이곳에서 민주와 나는 똑같은 표정으로 입을 벌리고 천장의 화려한 조명을 바라봤었다.

"몇 시야? 영화 시작할 때 됐겠다."

민주가 핸드폰을 들어 보더니 배터리가 없는지 내게 물었다.

"또 배터리 없구나."

내가 가방에서 보조배디리를 뒤적이자 민주가 고개를 저었다.

"됐어. 어차피 연락 올 곳도 없는데 뭐."

민주가 씩씩하게 말하며 일어섰다.

"난 따로 들어갈게. 어머니랑 봐."

"그래. 부디 재미있게 봐주세요."

내가 과장되게 고개를 꾸벅 숙였다. 민주는 그런 나를 보고는 그게 아니지, 하는 표정으로 바라봤다.

"이거 승주 씨만의 영화 아니다. 우리 영화이기도 해."

그렇게 말해주는 민주가 고마웠다. 〈플레이백〉은 민주와 내가 보낸 시간이 담긴 작품이고, 그건 우리가 헤어졌어도 부정할 수 없는 사실이다. 민주가 극장에 들어가는 모습을 지켜본 뒤에도 한참을 지붕 아래 서 있었다. 거대한 시간의 무게에 짓눌리는 기분이었다.

매표소에 도착해 정 프로를 만나 인사를 나눴다. 정 프로는 8년 전 〈플레이백〉을 상영했던 부산의 작은 독립영화관인 D극장의 프로그래머였다. 원형 무대로 이루어진 그 상영관에서 관객들과 단체 사진을 찍었던 게 어렴풋이 기억났다. 정 프로가 잘 지냈냐고 인사 한 뒤 "감독님, 여기에 또 사인해주세요" 하며 뭔가를 건넸다. 2년 전 폐관된 D극장에 걸려 있던 〈플레이백〉 전단지였다. 거기엔 '2012년 9월 21일'이라는 날짜와 나의 투박한 사인이 있었다. 나는 놀라서 그것을 한참 바라봤다. 코팅도 되지 않은 전단지를 이렇게 좋은 상태로 보관하고 있는 정 프로의 마음에 눈물이 날 것 같은 기분이었다. 나는 8년 만에 만난 그녀에게 힘내세요, 극장이 영영 사라진 건 아니니까요, 같은 적당한 위로나 응원의 말도 하지 못했다. 극장이 사라진 건 내 힘으로 어쩔 수 없는 일임에도 불구하고 왠지 부끄러운 마음이었다. 나는 그저 불러주셔서 진심으로 감사하다고 말하며 그 위에 오늘 날짜와 사인을 꾹꾹 눌러썼다.

상영 직전에 인자 씨가 도착했다. 내가 관계자라고 말하고 그냥 보면 된다고 했는데도 인자 씨는 굳이 아들 영화 티켓을 돈 주고 사겠다며 표를 끊었다. 상영관에는 예매 현황과 달리 현장 관객들이 몇몇 앉아 있었다. 곧 불이 꺼지고 영화가 시작됐다.

없었으면 더 좋았을 장면들이 많이 보였다. 지금은 알지만 그때는 보이지 않던 것들. 지금 같으면 사용하지 않았을 디졸브, 과연 관객이 내 의도를 느낄 수 있을까 조바심 내며 길게 남겼던 컷, 게다가 내가 10년 뒤를 이야기하며 당시 스타였던 배우 C를 캐스팅해 로맨스 영화를 찍겠다고 카메라를 똑바로 보고 인터뷰한 부분은 못 봐줄 지경이었다.

스크린 속의 모자는 사이가 좋아 보였다. 인자 씨와 내가 서로에게 내던 날카로운 짜증은 편집되어 있었다. 스크린 속의 10년 전 인자 씨는 지금보다 한참은 더 젊어 보였다.

"엄마, 영화 앞으로 딱 10년만 해볼게."

"10년 해보고 안 되면 너 그때 가서 어떡할 거야?"

스크린에서 인자 씨와 나의 대화가 이어졌다. 지금 인자 씨와 내가 나누는 대화와 별반 다르지 않은 모습에 안심이 되었다. 또 한편으로는 성공해서 호강을 시켜주기는커녕 여전히 비슷한 내 처지에 괴로운 마음이 들었다.

"내가 마라톤 뛰면서 승주 너 잘되라고 기도해."

안개 속으로 멀어지는 인자 씨의 뒷모습 위로 목소리가 흘러나왔다.

10년 사이에 많은 일들이 있었다. 그때는 몰랐다. 민주와 결혼하게 될 줄도, 헤어지게 될 줄도 몰랐다. 영화가 엎어지고 아무것도 이루지 못하고, 나와 인자 씨 그리고 민주가 따로 떨어져 앉아 이 영화를 보게 될 줄은 몰랐다. 영화를 보는 게 꺼려졌던 이유가 선명해졌다. 지금의 초라해진 내 모습 때문에, 이 큰 극장에서 꼼짝없이 밖에 나가지도 못하고, 무모할 정도로 희망에 가득 차 있던 10년 전의 내 모습과 마주하고 싶지 않은 거였다. 영화를 만들겠다고 버티면서 내 삶이 고난 뒤에 빛을 보게 되리라 생각했다. 그러나 10년이라는 시간은 모두가 내 곁에서 멀어지는 방향으로만 흘러갔다.

영화가 끝나고 불이 켜졌다. 나는 눈물이 흐를 것 같은 기분을 감추고 스크린 앞 단상 위로 가 의자에 앉았다. 상영관의 경사가 다른 극장들보다 가파른 편이어서 객석을 올려다보는 느낌이었다. 객석에는 어림잡아 열대여섯 명 남짓의 관객들이 앉아 있었다. 오랜만의 관객과의 대화였지만 정 프로가 유쾌하게 이끌어줘서 나도 농담을 섞어가며 술술 대답했다. 다큐멘터리를 촬영할 당시의 이야기, 밴드 멤버들 근황 이야기, 이세는 각자의 삶을 사느라 소원해졌다는 이야기를 대답하는 와중에 객석에 있는 민주와 눈이 마주쳤다.

"여기 나오는 사람들뿐만 아니라 같이 만든 사람들도 있는데요. 어디서든 모두들 정말로 행복했으면 좋겠어요……."

이십대 중반으로 보이는 여성 관객에게 마이크가 넘어갔다. 그는 우연히 영화를 보러 왔는데 정말 오길 잘했다고 말하며, 다큐멘터리 개봉 이후 내가 어떻게 지냈는지를 물었다. 평소 같았으면 '그 이후로는 한마디로 잘 안됐죠' 하고 자조적으로 웃으며 너스레를 떨었을 거였다. 그런데 객석의 인자 씨와 민주를 보니 그런 말이 쉽게 나오지 않았다. 나는 영화학교에 간 이야기와 이런저런 영화를 준비했던 이야기를 하며 흐릿하게 얼버무렸다.

다음으로 삼십대 초반쯤으로 보이는 남성 관객에게 마이크가 넘어갔다. 그는 빛나는 눈으로 나를 바라봤다.

"안녕하세요. 저는 이승주 감독님 팬입니다. 제가 8년 전에 〈플레이백〉 개봉했을 때 D극장에서 봤었는데요. 그때 하고 싶었던 일하고 현실 사이에서 고민

이 많았는데…… 감독님 영화 보고 용기 내서 웹툰에 도전해볼 수 있었어요. 지금 연재도 하고 있고요. 음, 제 질문은요. 감독님 차기작 계획이 궁금합니다. 다음 작품도 꼭 극장에서 보겠습니다."

나는 한참 동안 말을 이어가지 못했다. 나를 보고 있는 인자 씨와 민주를 바라봤다. 관객과의 대화 때마다 마이크를 들고서 거짓말을 했다. 내가 아무 문제 없는 사람인 것처럼. 내 작업에 건실한 계획을 구상하고 있는 것처럼. 내가 힘들어 보였는지 민주가 입 모양으로 '잘, 올, 라, 가' 하고 인사를 한 뒤 조용히 일어섰다. "10년 사이에 많은 일들이 있었네요……" 하고 대답을 하면서 나는 민주의 뒷모습을 눈으로 좇았다. 민주는 계단을 올라 극장의 뒷문으로 떠났다.

영화도, 사랑도, 혼자 힘으로는 안 되는 거더라고요. 나는 단지 세 사람의 행복을 꿈꿨는데……. 생각들이 입 안에서만 맴돌았다. '영화 10년 해본다고 하더니 10년 됐네. 그래서 어떻게 할 거야?' 객석에서 나를 바라보는 인자 씨가 눈빛으로 물었다. 10년을 해보겠다던 그 말을 취소하면 내가 치러야 하는 비용은 무엇일까. 아니지, 10년을 채웠으니 취소는 아닌 건가. 이 부끄러움은 어디서 오는 걸까. 꿈을 응원하는 영화를 만들어놓고, 관객을 실망시켜서 미안한 걸까. 나 자신에게 부끄러운 걸까. 나는 입술을 꽉 깨물었다.

완성된 영화로 환원되지 않은 10년이란 시간.

평일 낮에, 그것도 우중충한 날씨에 유명 배우 한 명 나오지 않는 이 작은 영화를 보러 오는 열대여섯 명의 관객들. 빛나는 눈을 한 그들과 이렇게 친밀하게 소통한다는 기분이 드는데. 자신의 삶에 큰 위로가 되었다고, 이런 영화를 만들어줘서 고맙다고 '인생 영화'라고까지 하는데. 당신들을 보고 계속 영화를 만들 수 있으면 얼마나 좋을까. 그럴 수 있다면 정말 좋겠지만, 인생을 걸었다고 생각한 영화가 엎어지고, 내가 사랑하는 극장이 사라져도 내가 할 수 있는 게 없어 무력했다. 관객이 없어서 극장이 사라지는데, 어쩔 수 없지요. 사랑하는 사람이 나를 떠난다는데, 어쩔 수 없잖아. 바람이 불지 않는데, 어쩔 수 없네. 수많은 어쩔 수 없음에 숨이 막혔다. 더는 거짓말을 견딜 수 없었다.

"저는 이제 지친 것 같아요. 죄송합니다. 차기작 계획은 없습니다. 구상하고 있는 것도 없고요. 저는…… 영화를 좋아하는 관객으로 남고 싶어요."

약속 장소에 대장과 삼촌이 봉고차를 몰고 왔다. 차 뒷자리에는 패러글라이딩 장비가 무더기로 쌓여 있었다. 인자 씨는 우리 때문에 청도까지 가는 게 미안하고 고맙다며 챙겨 온 드링크를 따서 앞좌석에 건넸다. 청도로 향하는 길에 많은 터널을 지났다. 관객과의 대화에 대해서 인자 씨는 별다른 말을 꺼내지 않았다. 터널을 지날 때마다 인자 씨와 내 얼굴이 어둠 속에 잠겼다. "부산에 왔다가 청도를 다 가보네" 하고 인자 씨가 중얼거렸다. 이번 여행에서는 생전 가게 될 줄도 몰랐던 곳에서 생각지도 못했던 비행을 하는구나.

"봉래산보다 두 배는 높은 산에서 비행할 거예요."

청도에 도착해서 대장이 말했다. 봉고차는 또다시 꼬불꼬불 산길을 묘기하듯 올랐다. 탁 트인 활공장에 올랐을 땐 구름 사이로 해가 나기 시작했다. 울긋불긋하게 단풍이 물든 첩첩산중 아래로 청도 읍내가 한눈에 들어왔다. 시원한 바람이 불어 팽팽해진 윈드삭이 퍼드덕 소리를 내며 꿈틀거렸다.

인자 씨를 찍어주겠다며 내가 뒤 순서로 타겠다고 했다. 나는 핸드폰을 들어 인자 씨의 뒷모습을 촬영했다. 비행복으로 갈아입은 인자 씨가 대장과 함께 비행할 채비를 했다.

"엄마, 정말 괜찮겠어?"

"너나 잘 타라. 바지에 오줌 싸지 말고."

인자 씨가 내 쪽을 돌아보고 미소 지었다.

"또 영상 찍는다고 경치도 못 보지 말고 즐겨."

"자, 갑니다. 앞으로 뛰어가세요!"

대장이 다급하게 외쳤고 인자 씨는 떠나는 사람처럼 내게 손을 흔들었다.

"엄마 먼저 간다."

긴장도 안 했는지 태연해 보이는 인자 씨의 뒷모습을 붙잡고 싶었다. 인자 씨와 대장이 달려 나가더니 공중에 붕 떠올랐다. 야— 호— 하는 인자 씨의 목소리가 메아리쳤다. 그러더니 바람을 타고 점점 아득하게 멀어졌다. 그 모습이 비현실적으로 느껴졌다. 패러글라이더에 매달린 인자 씨는 천천히 방향을 틀더니 붉게 물든 산등성이 너머로 시야에서 사라졌다.

멍자국

출발 시간이 다가오자 마음이 급해진 서아는 버스터미널 입구에 나와 영선을 기다렸다. 영선은 매달 있는 마감을 끝내고 새벽 동이 틀 무렵에야 퇴근했다. 거의 한숨도 못 자고 씻고 옷만 갈아입고 나온 듯했다. 간밤에 잠을 이루지 못한 건 오랜 불면증으로 고생하고 있는 서아도 마찬가지였다. 폭이 넓은 청바지에 카키색 야상 재킷을 걸친 영선은 거의 눈을 반쯤 감고 택시에서 내렸다. 서아는 자신을 발견하지 못하고 휘적휘적 걸어오는 그 모습에 웃음이 났다. 그녀는 영선의 손을 잡아끌고 버스에 올라탔다.

서아 씨, 이러다 우리 속초 가서 잠만 자다 오겠어요.

뭐, 그것도 나쁘지 않죠.

고속버스 뒷자석에서 서아는 영선의 무릎을 베고 웅크려 누웠다. 창밖은 먹구름이 잔뜩 껴서 금방 비가 퍼부어도 이상하지 않을 날씨였다. 지난번 영선과의 데이트가 좋았던 게 전부 날씨 때문이었을까 봐 약간 걱정이 됐다. 서아는 영선의 손가락 마디마디를 만지작거리고 가볍게 깨물었다. 그녀의 깨무는 버릇은 손톱을 물어뜯는 것 같은 습관이었다. 엄지손가락 아래 살이 도톰한 부분은 깨물어도 그다지 아프지 않은 곳이다. 한가득 살을 물면 치아를 타고 전기가 흐르는 것처럼 기분이 좋았다. 아픈 표정을 짓던 영선은 안 봐줘요, 하더니 서아의 팔뚝을 똑같이 깨물었다. 깨문 곳에 영선의 잇자국이 선명했다. 서아의 얇은 피부는 멍이 잘 드는 편이었으므로 곧 파랗게 멍이 들 거였다.

몇 번 만나지도 않은 남자와 덜컥 여행을 가고 버스에서 서로를 깨물고 있다니. 서아는 자신의 모습이 참 낯설었고, 그런 선택을 했다는 게 기분 좋았다.

영선과는 데이팅 앱에서 매칭되어 세 번 만난 사이였다. 처음 만나서 커피를 마셨고, 두 번째 만나서 초밥을 먹었고, 그날은 세 번째 만남이었다. 봄 햇살이 좋아서 데이트가 즐거웠고 예정에 없던 와인을 마셨다. 서아는 누구도 만나지 않고 혼자 지낸 지 오래였다. 서른다섯의 연애는 대체 어떻게 하는 거지. 1년을 채우지 못한 결혼생활을 포함해 그녀가 스물여섯부터 7년간 만난 남자는 수명뿐이었으므로 모든 게 낯설었다.

월간지에서 피처에디터로 일하고 있는 영선은 동갑내기로 취향이 비슷했고 공통점도 꽤 있었다. 그는 서아의 핸드폰과 똑같은 구형 아이폰을 썼는데 사용하는 사람이 드문 작은 사이즈의 모델이라 반가웠다. 손에 익은 것을 좀처럼 바꾸지 못하는 성격인 서아는 핸드폰 액정에 금이 간 채로 사용하고 있었다. 영선이 11인치 구형 맥북에어를 아직까지 사용하는 이유도 같았다. 5년 전에는 그런 두세 가지의 우연에도 금세 사랑에 빠지는 사람이었다면 이제는 여러 우연이 연속돼도 좀처럼 사랑에 빠지지 않는 사람이 되었구나, 생각하며 서아는 피식 웃었다.

처음 만났을 때 서아 씨 꼭 팔짱 낀 채로 어디 한

번 재밌게 해봐라, 그런 태도 같았어요.

영선의 말에 서아는 내가 그랬나, 생각했다. 확실히 그녀는 말수가 적었고 필요한 말만 했다. 외롭긴 했지만 딱히 연애가 고픈 것도 아니었다. 그저 자신이 그 일을 겪고도 다시 남자에게 끌릴 수 있을까 궁금했다.

곧 출간될 자신의 소설책에 대해 이야기하던 중 서아는 이혼 사실을 말했다. 그냥 그 시간을 견디려면 뭐라도 써야 했다고. 새로운 정보에 영선은 약간 놀란 듯 보였다. 그리고 더 물어오는 대신 대수롭지 않다는 듯 자신의 파혼 이야기를 꺼냈다. 그가 자신도 같은 아픔이 있어서 다 안다는 식으로 토로하지 않아 다행이었다.

그날 서아는 너무 많은 말을 한 것을 후회했다. 술을 마시지 않으면 잠을 잘 자지 못한다는 둥 입맛이 없어서 밥을 잘 챙겨 먹지 않는다는 둥, 말을 하면서도 망가진 사람의 전형 같아 웃음이 났지만 그게 요즘 자신의 모습이었다.

그날의 대화 이후 영선은 부담을 느꼈는지 연락이 없었다. 그냥 그렇게 흐지부지됐다. 둘은 각자의 일상을 겨우 견디는 중이었고 서로의 일상이 되는 건 어려워 보였다.

— 책 나왔네요. 축하해요.

거의 한 달 뒤 날아온 문자 메시지에서 영선의 낮은 목소리가 들리는 듯했다. 광화문 교보문고 매대에서 서아의 책을 발견했다며 사진을 찍어 보내온 거였다. 서아는 뜬금없는 연락이라고 생각했지만 축하한다는 사람에게 매몰차게 굴고 싶지는 않아 답장했다.

— 고마워요. 재미있게 읽어주세요.

그러자 곧 영선에게서 전화가 걸려왔다.

서아 씨, 연휴에 속초로 바다 보러 갈래요?

영선은 서아가 자연을 좋아한다고 했던 것과 입맛이 없다고 했던 것을 언급하며, 속초에 가서 케이블카를 타고 초록 속으로 들어가면 기분 좋을 거라고, 물회며 대게며 닭강정이며 맛있는 걸 잔뜩 먹고 오자고 했다. 마침 석가탄신일과 근로자의 날, 주말, 어린이날까지 이어진 황금연휴라고 사람들이 호들갑을 떨고 있었다. 한 달 동안 연락도 없다가 웃기는 사람이네. 내가 그렇게 쉬워 보이나. 서아는 피해 의식 같은 건 갖지 않으려 했다. 하지만 모든 일에는 타이밍이라는 게 있는 법이다. 더군다나 아무도 진심을 다하지 않는 데이팅 앱에서 만나 한 달 동안 연락이 없었으면 남이나 다름 없었다.

서아 씨, 가면 좋을 거예요.

영선의 목소리는 차분했지만 확신이 있었다. 서아는 복잡해지는 걸 원치 않았다. 그러나 연휴를 혼자 외롭게 보내고 싶지도 않았다. 계속되는 혼자를 견디는 게 지겹던 참이었다. 영선과의 대화가 나쁘지 않았던 게 생각났고, 나쁘지 않은 대화 상대는 나쁘지 않은 여행 상대겠다는 생각이 들었다. 게다가 영선이 가자고 한 곳이 속초라는 게 그녀의 관심을 끌었다.

속초는 남편이었던 수명이 서아를 속이고 S와 여행을 다녀온 곳이다. 속초는 그저 속초다. 설악산과 동해 바다가 있는 곳. 이제는 통증도 분노도 잘 느껴지지 않았다. 서아는 속초에 대한 다른 기억을 떠올렸다. 일전에 K 선생님이 동아서점이 참 좋다고 애기한 뒤로 막연히 그곳에 가보고 싶었다. 서점이 뭐 별거 있나 싶다가도 그 먼 곳에도 자신의 책이 진열되어 있다면 근사한 기분이 들 것 같았다. 조금이라도 그런 기분을 느낄 수 있으면 가치가 있을 거라고, 안 좋은 기억에도 덮어쓰기가 좀 필요하다고, 스스로를 설득했다.

속초에 도착한 두 사람은 부지런히 바다를 눈에 담았다. 흉포한 파도였다. 바람이 강하게 불었고 방파제 너머로 떨어지는 시원한 물보라를 맞으며 비명을 질렀다. 마감 주간에는 달리는 차에 뛰어들고 싶다가도 마감 끝나면 세상 전체가 아름다워 보여요. 영선은 이제야 잠이 좀 깨고 마감이 끝난 것을 실감하는지 홀가분해 보였다.

영선이 데리고 간 3층 높이의 물회집에서 서아는 통창 너머로 바다를 한참 내다봤다. 태풍이라도 올 것처럼 파도가 거센데 소리를 꺼둔 듯 고요해서 이상하게 느껴졌다. 속초에 오면 다들 오는 곳이에요, 라는 영선의 말에 수명도 이 풍경을 보았을까, 하는 생각이 서아의 뇌리를 스쳤다. 공복에 젖은 몸으로 먹은 물회는 꽁꽁 얼어 있어 이가 시렸고 맛은 그저 그랬다.

예약한 호텔의 17층 전망은 맞은편 호텔이 바다 한가운데를 떡하니 가로막고 있었다. 영선은 이게 무슨 하프 오션뷰냐며 실망한 눈치였다. 서아는 입이 찢어지게 하품을 하며 침대에 몸을 던졌다. 바스락거리는 이불의 감촉이 부드러웠다. 어어, 누우면 안 돼요. 영선은 조선소 카페도 가고 닭강정을 파는 시장도 가고 아바이

마을에 가서 갯배도 타자고 했다.

영선 씨는 남들처럼 하는 걸 참 좋아하는 것 같아요.

그래도 여기까지 왔는데 한 군데라도 가야죠.

물회 별로였잖아요. 우리 그냥 남들 하는 건 아무것도 하지 말아요.

서아는 안기라는 듯 두 팔을 벌렸고, 영선이 뜸을 들였지만 거절하지 않으리란 것을 알았다. 물보라 탓인지 물회 탓인지 으슬으슬 추웠고 영선의 몸은 열이 나는 것처럼 따뜻했다.

자고 일어나니 어둑한 밤이었다. 창밖엔 청초호에 비친 설악대교의 붉은 불빛만이 작게 일렁이고 있었다. 하루가 다 갔네요, 라며 영선이 허망해하자 서아가 와인을 따며 여행은 이제 시작이에요, 했다. 속초까지 와서 편의점 음식을 먹는다고 탄식하던 영선은 곧 사발면과 와인이 나름 잘 어울린다며 웃었다.

멀쩡하게 잘 살다가 그놈의 감독 병이 걸려가지고 제 인생 제가 꼬았죠.

영선이 와인을 마시며 들려준 이야기들은 재미있었다. 남들 취업 준비할 때 갑자기 영화에 꽂혀서 충

무로에 투신했다가 적성에 안 맞는다는 것을 깨닫고 뒤늦게 잡지사까지 흘러오게 된 이야기, 일본으로 워킹홀리데이를 다녀온 이야기, 소개팅 80번 만에 결국 결혼에 성공했다가 금방 이혼한 친구의 이야기도.

웃으며 그 얘기를 듣던 서아가 자신도 재밌는 에피소드를 들려주겠다는 듯 수명의 이야기를 꺼냈다.

수명은 다정하고 의지할 수 있는 사람이었다. 수명과 7년간 연애하고 결혼한 지 1년도 되지 않았을 때 서아는 수명이 다른 여자를 만난다는 것을 알게 됐다. 그녀는 수명의 거짓말을 알고도 한참을 지켜봤다. 수명을 잃는 것도, 수명과 함께하는 생활을 잃는 것도 두려웠다. 그러나 알면서도 수명이 계속 거짓말을 하게 만드는 건 못 할 짓이었다. 모든 게 밝혀진 뒤 수명은 모르면 될 줄 알았어, 라며 무릎을 꿇고 싹싹 빌었다. 눈물 흘리는 그 모습이 꼭 물건을 훔치다 들킨 초등학생 같았다. 그가 진정한 사랑을 만났다며 떠나기라도 했다면 차라리 나았을까. 마흔 살의 덩치 큰 초등학생을 추궁하고 용서하는 역할이 자신에게 주어졌다는 사실을 견딜 수 없었다.

서아는 이런 이야기를 자세히 꺼내는 게 처음이

었는데 화가 나지도 않았고 눈물이 나오지도 않았다. 자신에게 벌어진 불행을 남의 일처럼 이야기하는 게 어쩐지 신이 났다. 누군가에게 털어놓고 싶었던 건지도 몰랐다.

가만히 이야기를 듣고 있던 영선은 구겨진 얼굴로 한숨을 길게 내쉬었다. 이번에는 영선이 파혼한 해인에 대해 이야기했다. 해인은 한마디로 도덕적인 사람이었다. 늘 올바름에 대해서 말하고, 떳떳하지 못한 일에 무척 예민하게 반응했다. 그녀는 영선이 재활용품을 정확히 분리하지 않으면 핀잔을 주고, 지저분한 분리수거함에 깊숙이 손을 넣어 뒤져서라도 꺼내는 사람이었다. 그런 해인이 결혼한 사람인 P와의 연애 사실을 고백했을 때, 영선은 거대한 물음표를 떠안게 됐다. 왜 P가 접근했을 때는 해인의 불쾌한 마음이 작동하지 않은 것인지 영선은 도저히 알 수 없었다.

어떤 사람들은 사랑이 원래 도덕도 뛰어넘는 거라고 그러더라고요. 도덕적인 허들이 유독 낮은 사람들이 있다고도 했고요. 그런데 해인은 허들이 낮은 사람이 결코 아니었어요. 그걸 어떻게 받아들여야 할까요. 사랑의 본질이 눈멀게 하고 판단을 마비시키는 거라고요?

영선은 해인을 이해하는 데 끝내 실패했다고 고백했다. 잘 이해되지 않는 감정을 너무 쉽게 사랑이라고 부르는 세상의 관습 때문에, 누군가를 기만하고 쾌락을 얻는 것도 사랑이라면 사랑이라고 부르는 모든 것이 싫어진다고. 한편으로 그건 사랑이 아니라고 폄하해버리고 사랑이라는 단어를 수호하고 싶어진다고.

열을 내는 영선의 모습에서 서아는 짙은 보라색 멍자국을 떠올렸다. 이 사람은 아직 아물지 않았구나. 둘이 아니라 수명과 해인과 넷이서 여행하고 있는 기분이었다.

다 지나간 일이잖아요. 미워하는 것도 힘든 일이잖아요.

서아는 눈물이 고인 영선의 눈에 비친 자신의 모습을 바라봤다. 이렇게 가까이서 누군가의 눈동자를 바라보는 게 무척 오랜만이었다.

난 정말로 영선 씨한테 바라는 거 없어요.

서아가 영선의 머리를 끌어안으며 혼잣말처럼 중얼거렸다. 영선이 그 말을 어떤 의미로 받아들였을지 알 수 없었다. 그러니까 영선 씨도 나한테 아무것도 바라지 말아요, 라는 말을 그녀는 속으로 삼켰다.

룸서비스입니다.

영선의 과장된 목소리에 서아는 잠에서 깼다. 서아가 좋아하는 크루아상과 카페라테를 사 들고 온 거였다. 하늘은 구름 한 점 없이 맑게 개어 있었다. 서아는 눈도 잘 못 뜨고 누운 채로 영선이 손으로 찢어주는 크루아상을 받아먹었다. 흰 이불 위에 빵 부스러기를 잔뜩 흘리면서. 영선은 누워서 먹으면 소 되는데, 라며 서아의 입에 빨대를 가져다줬다. 카페라테를 한 모금 마신 뒤 그녀는 중얼거렸다.

아, 정말 호강한다. 다음 달 마감 끝나면 내가 아침에 영선 씨 잘 때 커피랑 빵도 사다 주고 깨워주고 할게요.

정말이죠?

다음을 기약하는 서아의 말에 영선은 반색하며 일어서서는 침대 옆에 놓인 캐리어 거치대를 펼쳤다. 영선이 갑자기 그곳에 앉았고, 거치대는 무게를 견디지 못하고 우지끈 소리를 내며 부러졌다. 벌러덩 넘어진 영선은 창피한지 벌떡 일어섰다. 순식간에 벌어진 일이었다.

괜찮아요? 아니, 거기에 왜 앉아요.

감독 의자같이 생겨서 앉았나 봐요.

얼빠진 영선의 대답에 서아는 몸을 들썩이며 깔깔 웃었다.

감독 병 아직도 못 버렸어요? 아침부터 빵도 주시고 웃음도 주시고.

서아의 놀림에 영선은 자신도 어처구니없는지 웃기 시작했다. 서아는 정말로 눈물이 날 만큼 웃었다. 영선은 왜 울어요, 하며 양쪽 손바닥으로 그녀의 눈가에 흐른 눈물을 닦아주었다. 그러고는 서아의 눈두덩에 가만히 손목 부분을 대고 있었다. 서아는 영선을 끌어당겨 눕히고는 그 위에 올라가 온 무게로 엎드려 누웠다. 누워서 고개를 돌려보니 그제야 맞은편 호텔이 보이지 않고 청초호와 바다 전망이 한눈에 보였다.

하프 오션뷰 맞네요, 바다 좀 봐요.

영선은 멀리 파도가 밀려왔다가 밀려가는 흐름에 맞춰 서아의 등을 천천히, 부드럽게 쓰다듬었다. 쏴아아아 하고 영선이 내는 파도 소리가 자장가처럼 들려왔다. 나른하고 평화로웠다. 영선이 숨을 들이쉴 때마다 배가 부풀어 서아의 몸이 오르락내리락했다.

스킨십은 정말 효과가 있구나. 행복은 결국 호르

몬으로 이루어진 건가. 기분이 좋아진 서아는 담배를 한 대 꺼내 물었고 영선은 금연이잖아요, 했다가 흥을 깨고 싶지 않은지 마음대로 하라고 했다. 한 모금만 달라는 영선의 입에 서아가 피우던 담배를 갖다 대주었다.

금연이라면서요.

서아 씨랑 공범이 되고 싶어서요.

영선이 가지런한 이를 드러내며 해맑게 웃었다. 공범이라는 말에 서아는 얼마간 수명과 S에 대해 생각하다가, 같이 나빠지고 싶다는 것은 사랑에 가까운 걸까 생각했고, 누군가를 기만하거나 다치게 하지 않는 행복에 대해 생각했다. 영선이 내뿜은 담배 연기에서 초콜릿 향이 났다. 잠시 정적이 흘렀고 그는 서아가 무슨 생각을 하는지 아는 눈치였다. 영선은 회사에서 향후 5년 계획을 제출하라고 했다며 화제를 돌렸다.

그래서 뭐라고 했어요?

웃기는 사람이 되는 것과 전세 자금 마련해서 전망 좋은 투룸으로 이사 가는 거요. 서아 씨는 앞으로 5년 계획 있어요?

익명으로 아주 야한 치정극을 쓸 거예요. 그쪽으로는 자신 있거든요.

와, 그거 정말 읽고 싶다. 서아 씨 나중에 막 부자 되는 거 아니에요?

어떻게 부자가 돼요.

원 소스 멀티 유스 몰라요? 부자 돼서 나 모르는 척하면 안 돼요.

알았어요.

실없는 대화를 하는 사이 체크아웃 시간이 지나갔다. 두 사람은 그렇게 누워 있는 게 좋아서 서두르지 않았다. 체크아웃을 한 시간 연장하고 또 한 시간 연장했다. 3시부터는 1박 요금이 추가된다고 했다. 케이블카고 뭐고 이대로 더 있을까요? 하고 영선이 말했을 때야 서아는 침대에서 일어났다.

이거 아까 넘어지면서 그런 건가 봐요. 우리 이제 동지네요.

영선이 대수롭지 않게 웃으며 금이 간 핸드폰 액정을 서아에게 보여주었다. 절묘하게 서아의 핸드폰과 비슷한 모양으로 깨져 있었다. 그가 두고 가는 물건이 없는지 방을 살피는 사이, 서아는 등 뒤에서 영선을 끌어안은 채 한동안 서 있었다.

설악산 케이블카에서 두 발 아래로 펼쳐진 나무숲을 보면서 서아는 거대한 브로콜리밭 같다고 생각했다. 햇살 때문인지 온 사방의 초록이 투명할 정도로 생생해 보였다. 30분 정도 산을 오르니 바위산이 펼쳐졌다. 두 사람은 기울어진 바위에 기대 누워서 블루투스 이어폰으로 음악을 들었다. 영선의 선곡은 영화 〈레토〉의 OST인 〈Summer Will Be over Soon〉이었다. 러시아어 가사를 하나도 알아듣지 못했지만 질주하는 느낌의 곡이 무척 신났다. 여름은 곧 끝이 날 거야. 곡 제목은 예언처럼 다가왔다. 바위에 기대고 있던 등이 서늘했다.

동아서점에는 서아의 책이 없었다. 영선이 만드는 월간지도 없었다. 월간지는 재고가 쌓일 수 있으니 지역의 서점에까지 입고가 잘 안 되는 모양이더라고요. 영선은 그다지 실망하지 않은 눈치였지만 서아는 아쉬웠다. 영선은 시집을 한 권 사면서 서아의 책이 있는지 직원에게 물어보았다. 서점 직원은 컴퓨터를 두드리더니 애초에 입고되지 않은 책이라 했다. 서아는 치, 정말 치사해서 내가 메이저 된다, 하고 툴툴거렸다.

두 사람은 속초의 마지막 음식으로 백숙을 먹었

다. 뜨뜻한 국물이 오한이 났던 몸을 녹여주었다. 서아는 뼈와 살을 알뜰하게 발라 먹는 영선을 빤히 바라봤다. 시선을 느낀 그는 아, 맞다, 하며 서점에서 산 시집에 뭔가를 쓴 뒤 그녀에게 건넸다.

—원 소스 멀티 유스로 대박 나고 부자 되시길 기원하며. 5월의 속초에서 영선 드림.

책을 펼쳐 그 응원의 말을 읽고 서아는 이 순간이 오래 기억에 남으리라는 예감이 들었다. 영선에게 고마웠고, 이제는 응원도 주고받을 수 없게 된 관계들이 생각나서 코끝이 찡해졌다.

영선 씨, 몇 년 뒤에도 서점에서 제 책 발견하면 문자 보내줘야 해요.

그녀는 영선이 메시지를 보내오는 상상을 하다가, 그때면 영선과 만나고 있지 않을 것 같아서 아득해졌다. 영선은 나지막한 목소리로 대답했다.

그럼요, 그렇게 할게요.

서울로 돌아오는 버스가 분당의 고층 빌딩들을 지나 톨게이트에 다다를 무렵 서아와 영선은 서로 찍은 사진을 공유했다. 파일을 전송하는 동안 둘은 액정에 금이 간 폰을 가까이 맞대고 한참을 들고 있었다. 두 사람은 이제 100장 넘는 사진을 공유한 사이였고 더 친밀함을 느꼈다. 영선은 경주를 안 가봤다며 다음에 경주에 같이 가자고 했다.

또 가자고요?

이렇게 한 달에 한 번 전국 유랑하는 건 어때요? 저랑 같이 있으면 즐겁지 않아요?

영선의 자신감에 서아는 웃음이 났다.

폰 바꿔야지. 서아 씨 화질 좋은 거로 예쁘게 찍어주려고요.

마음대로 하세요.

서아가 시큰둥한 반응을 보이자 영선은 이거 봐요, 너무 심하지 않아요? 하며 티셔츠를 올려 파란 멍이 든 팔뚝을 보여주었다. 서아가 깨물어서 생긴 흔적이었다.

예쁘네요. 보름 정도면 사라질 거예요.

서아도 영선이 물어서 생긴 팔뚝의 멍을 보여주며 말했다. 흉터는 계속 남지만 멍은 원래 없었던 것처럼 감쪽같이 사라진다. 서아는 그 사실이 좋았다. 멍이 옅어져가는 걸 지켜보는 것만으로도 왠지 힘이 됐다.

집에 가서 냉찜질해야겠네요.

영선의 말에 서아는 순간 그가 자신의 흔적을 빨리 지우려는 것 같아 서운했다. 서아는 언젠가 책에서 보고 메모해둔 구절을 영선에게 보여주었다.

—멍은 아픔에 대한 몸의 기억이다. 그러나 역설적으로 '다친 부위는 아름다움에 가까워진다. 노랑, 초록, 파랑, 보라. 절반 이상이 무지개와 같은 색으로 이루어져 있기 때문이다.'

*

—아픔에 대한 몸의 기억이 옅어졌어요. 거의 없어짐.

—영선 씨, 아름다움과 멀어졌네요.

영선은 파랗던 멍이 옅어져 노란색을 띠고 있는 사진을 보내왔다. 누가 그러자고 하지는 않았지만 일상으로 돌아온 두 사람은 드물게 연락했고, 멍자국이 사라질 즈음 다시 만났다. 서아는 가끔 영선의 따뜻한 체온을 느끼고 싶었고 깨물고 싶었다. 그러면서 동시에 거리를 유지해야 한다고 생각했다. 그 모든 과정을 다시 반복할 자신이 없었다. 의무감에 만나고 싶지는 않았고 약속은 부질없게 느껴졌다.

그 후로 두 달 동안 서아는 영선과 함께 강릉과 춘천을 다녀왔다. 확실한 건 영선을 만난 뒤 외로움이 조금 가신 느낌이었다. 각자의 일에 집중하고 마감이 끝나면 1박 2일 동안 일상을 벗어나 어디론가 떠나고 돌아오고 헤어졌다. 어쩌면 자신이 몇 년씩 누군가와 한집에서 부대끼며 사는 것보다는 1박 2일짜리 연애에 더 잘 맞는 사람일 수도 있겠다고 서아는 생각했다. 이제 남은 인생에는 이렇게 외로움을 달래는 정도의 사이와 가끔씩 즐거운 데이트만 있을 거라고 생각하니 단순해졌다.

수명도 이런 종류의 숨 쉴 틈이 필요했을까. 영선과 함께 있으면서 수명 생각을 한다는 게 조금 불경스럽게 느껴졌지만, 서아는 수명을 더 잘 이해하게 된 것 같았다. 수명과 S가 서로를 구속하지 않고 감정만을 나눴다는 사실 때문에, 그래서 더 순수한 것처럼 느껴져서 과거의 그들에게 잠시 질투를 느꼈는데, 그런 자신의 생각에 웃음이 났다. 이제 와서 다 무슨 소용일까.

영선은 참 좋다고 느껴지는 데이트의 순간들에 서아 씨, 나한테 할 말 없어요? 하고 웃으며 묻곤 했다.

그러면 서아가 영선 씨는, 할 말 있어요? 하고 되물었고 영선은 어떤 말을 삼켰다. 그렇게 어느 한쪽도 나서지 않으며 둘의 관계는 유지되고 있었다. 서아가 느끼기에 그건 아슬아슬한 줄타기 같았다. 아무것도 약속하지 않았으니 언제라도 허물어질 수 있는 관계임을 모르지 않았다.

영선은 평소에 해맑아 보였지만 과거가 상기되는 일이 있으면 어제의 일처럼 열을 올렸다. 해인이 그 일을 고백하지 않았으면 우리는 정말 행복하게 잘 살았을 거예요. 저는요, 고를 수 있다면 속는 사람보다는 차라리 속이는 사람이 되고 싶어요. 그는 술을 마시면 습관적으로 지나간 일에 대해 이야기했고, 두 사람의 대화는 현재나 미래가 아닌 과거로 향했다.

영선의 생일을 축하하기 위해 두 사람은 와인을 마셨던 합정의 식당에서 만났다. 조도가 낮고 테이블 간격이 넓어서 둘만의 대화를 나누기에 좋은 곳이었다. 서아는 식당에 가기 전에 유명한 제과점에 줄을 서서 케이크를 샀다. 누군가를 기쁘게 하기 위해 줄을 서는 건 오랜만이었고, 영선에게 가는 발걸음이 가벼웠다. 서아가 예상한 대로 영선은 케이크를 맛보며 크게 감탄했다. 그는 요즘 참 기분이 좋다고, 서아에게 고맙다고 했다. 저도 마찬가지예요, 라며 서아가 미소를 지었다. 와인을 마시면서 즐거워 보이던 영선이 서아 씨, 저 할 말 있어요, 하고 분위기를 잡더니 뜸을 들였다.

서아 씨는 계속 이대로 만나는 게 좋아요?

연애를 하자고 고백이라도 하려는 건가. 서아는 영선을 물끄러미 바라보았다. 그녀는 무엇이든 변화를 바라지 않았다. 고백한 뒤에 이전과 같을 순 없을 테니까, 말을 삼키라고 하고 싶었다. 하필 생일에 이러는 이유가 뭘까.

이대로가 좋지 않아요?

이대로도 좋죠. 좋은데…….

전 복잡해지고 싶지 않아요. 영선의 말을 자르듯 서아가 말했다.

표정이 굳은 영선은 급하게 잔을 비우고 또 와인을 따랐다.

영선 씨가 원하는 게 뭐예요?

이런 순간이 오면 잘 대처할 거라고 생각했는데 서아는 자신의 차가움에 놀랐다. 그녀도 영선이 바라는 걸 모르지 않았다. 서로 믿고 쉽게 저버리지 않겠다는 태도로 노력하면서 남들처럼…….

저는 우리 사이가 깊어지고 있다고 생각했어요.

영선은 털어 넣듯이 다시 잔을 비웠다. 이미 영선의 얼굴은 붉어지고 있었다. 슬슬 걱정이 됐다. 무거운 침묵 끝에 영선이 자포자기한 어조로 중얼거렸다.

전 또 한 번 실패했네요…….

그렇게 생각하지 말아요. 서로 원하는 관계가 다른 거죠.

우리가 예전에 만났더라면 서아 씨에게 좋은 모습을 보여줬을 텐데…….

지나간 얘기는 이제 하지 말죠.

서아가 굳은 표정으로 말한 뒤 정적이 흘렀다. 그녀는 식당 밖으로 나가 담배를 피웠고 영선이 따라 나와 우두커니 서 있었다. 영선은 서아가 떠나기라도 할 것처럼 눈치를 보며 안절부절못했다. 미안해요. 영선이 쩔쩔매며 사과하는 그 순간, 서아의 마음 한 부분이 무너졌다. 어느 한쪽이 용서를 구하고 용서해야 하는 관계는 두 번 다시 하고 싶지 않았다. 그의 생일을 망친 것 같은 죄책감을 느끼는 자신도 싫었다. 두 사람이 그 모든 일이 없었던 것처럼 새로이 시작한다는 건 불가능해 보였다.

헤어질 때 서아는 자신이 탄 열차가 떠날 때까지 플랫폼에서 손을 흔들고 있는 영선을 지켜봤다. 떨어지기 싫어하는 아이를 두고 가는 것처럼 마음이 불편했다.

그 좋았던 기운이 고작 이렇게 그칠 거였나, 서아는 생각했다. 영선과 만난 지 세 달 만에 3년은 만난 사이처럼 느껴졌다. 영선을 더 이상 만지고 싶지 않았다. 여행이 아닌 일상을 채워나가는 시간이 많아질수록 영선과 맞지 않는 점들이 느껴졌다.

관계의 포기가 빨라지는 게 나이 때문인지, 아니면 자신이 겪은 수명과의 일 때문인지 서아는 알 수 없었다. 그녀는 먼저 연락하지 않았고 영선도 더는 연락해 오지 않았다.

*

서아가 영선과 다시 만난 건 가을의 끝자락이었다. 끝이라는 방점도 없이 그렇게 끝나는 게 싫었다. 영선은 연락을 기다렸다며 반갑게 전화를 받았다. 11월의 가로수들은 잎이 하나도 없이 앙상했고 바람은 스산했다. 두 달 만에 만난 두 사람은 인파로 가득한 홍대 거리를 약간 떨어져서 걸었다. 그녀가 그간 누구를 좀 만났냐고 물었고 그는 바빠서 그럴 시간이 없었다고 했다. 영선은 피로해 보였고 왼쪽 어깨에 문제가 있는지 계속 주물렀다. 어깨에 석회가 생겼다고, 벌써 어딘가 고장 나는 나이가 왔나 조금 우울하다고 했다. 그는 여전히 액정에 금이 간 핸드폰을 쓰고 있었다.

영선 씨, 폰 바꾼다는 말 처음 만날 때부터 했던 거 알아요?

나무라는 말이 아니었는데 영선은 잘못이라도 한 것처럼 아무 대꾸도 하지 못했다. 영선은 서아의 기분을 살피며 핸드폰 액정을 새걸로 바꾸면 기분이 좋아질 거라고 했다. 그는 번잡한 전철역 근처에 있는 핸드폰 사설 수리점에 그녀를 데리고 갔다. '100퍼센트 정품'이라고 쓰인 간판이 인상적이었다. 두 사람 다 액정을 바꾸기로 했다. 영선은 수리점 직원에게 정품 액정인지 중국산 액정인지 물었다.

정품이니 중국산이니 하는 게 의미가 없어요.

아이폰 자체가 메이드 인 차이나잖아요.

직원이 능숙하게 폰을 분해하며 퉁명스레 답했다. 그렇게 오래 끌어오던 일인데 금이 잔뜩 가 있던 핸드폰이 새것처럼 말끔해지는 데는 20분도 걸리지 않았다. 100퍼센트 정품이라고 강조하던 중국산 액정은 채도가 달랐다.

영선은 영화를 한 편 보자고 했다. 썩 내키지는 않았지만 서아도 이대로 헤어지고 싶지는 않았다. 시간에 맞춰서 고른 영화는 인상에 남는 게 없었다. 극장을 나온 뒤 서아는 영선의 얼굴도 봤고, 마음이 남아 있지 않은 걸 확인했으니 이제 됐다 싶었다. 영선은 그게 아닌 것 같았다. 그는 홍대입구역 앞에 높게 지어진 빌딩을 올려다봤다.

홍대에 저렇게 큰 호텔이 언제 생겼나, 요즘은 정말 건물을 뚝딱 짓는 거 같아요, 그쵸?

영선은 이대로 헤어지지 않고 같이 있고 싶다고 했다.

몸도 성치 않잖아요.

저 멀쩡해요.

영선이 문제없다는 듯 팔을 돌려 보였고, 서아

는 호텔을 가리켰다.

그럼 저기까지 나 들고 가요.

영선이 애쓰는 모습을 보며, 서아는 어쩐지 그가 끝내 포기하는 모습을 보고 싶었다. 그는 몸을 굽혀 서아의 무릎을 그러안고 번쩍 안아 올렸다. 그녀가 꺅 하고 웃었다. 놀이기구를 타는 듯한 기분이었고 약간 어지러웠다. 그렇게 5분 정도 걸었을까. 영선의 몸이 바들바들 떨렸다.

힘들어요?

말 시키지 말아요…….

영선은 잠시 서서 숨을 몰아쉬고는 온 힘을 다해 열 발자국 정도 걷더니 또 멈춰 서서 숨을 돌렸다. 그 모습에서 관능이라고는 조금도 느껴지지 않았고 약간은 애틋한 기분이 들었다. 서아는 땀으로 흐트러진 영선의 머리를 정리해주었다. 영선은 기어이 끙끙거리며 호텔 건물 안으로 들어갔고 로비 앞에 도착해서야 서아를 내려주었다. 영선이 숨을 몰아쉬며 지금 체크인 가능한가요? 하고 프런트 직원에게 물었다. 프런트 직원은 잠시 뚱한 표정으로 두 사람을 바라봤다.

만실입니다.

영선과 서아는 맥이 풀려서 서로를 보며 허탈하게 웃었다. 영선은 거의 쓰러지기 직전이었다.

애쓰지 마요. 이만 집으로 가요.

서아가 영선을 돌려세웠다. 둘은 지하철역까지 터덜터덜 걸어갔다. 영선이 타는 열차의 간격이 길어서 서아가 기다려주겠다고 했다. 열차를 기다리는 서아와 영선의 모습이 스크린 도어에 비쳤다. 피로하고 쇠잔해 보이는 얼굴들이었다.

우리, 경주를 가지 못했네요.

그렇네요.

서아 씨랑 속초에서 먹은 크루아상은 평생 못 잊을 거예요.

맞아요. 그거 정말 맛있었어요.

그냥 파리바게트 빵에 카페라테인데 뭐가 그렇게 맛있었던 걸까, 서아는 생각했다. 어색한 시간이 흘러갔고 영선은 주뼛거리며 적절한 작별의 말을 찾으려고 노력했다.

충분히 덮어쓰기가 됐어요?

영선의 물음에 서아는 잠시 생각했다.

네. 그런 것 같아요. 고마워요.

뭐가요.

그냥 다요.

열차가 들어오고 있었다. 서아는 이게 두 사람의 끝임을 예감했다. 영선은 서아의 손을 잡아보면서 슬픈 표정으로 서 있었다. 서아는 그 모습이 보기 싫어 영선의 팔을 깨물었다. 영선이 악 하고 소리를 지르며 놀라서 눈을 크게 떴다. 고통으로 일그러진 표정이던 그는 못 말린다는 듯 비틀린 웃음을 지으며 그녀를 끌어안았다. 선명한 잇자국은 멍으로 바뀌고 이내 옅어지고 보름 정도면 흔적이 사라질 거였다. 수많은 인파 사이에서 그렇게 안긴 채, 서아는 영선의 몸에 자신의 기억이 더 오래도록 남길 바랐다.

* 109쪽 멍에 대한 메모의 출처는 『바디 북 : 몸, 욕망과 문화에 관한 사전』(프로파간다 편집부, 프로파간다, 2018). 원 출처는 『한 글자 사전』(김소연, 마음산책, 2018).

에세이
네모가 되기를 빌고 빈 세모

소설을 쓰게 됐다. 지난 10년간은 영화를 만들기 위한 시간을 보냈다. 어쩌다 소설을 쓰게 됐는지는 여러 버전이 있지만 이번에는 문학 동아리에 관해 이야기하고 싶다.

문학 책을 단 한 권도 읽지 않았던 십대에, 나는 그 어느 때보다 문학 소년이었던 것 같다. 예민하고 감수성이 풍부하고 다른 눈으로 보던 시절. 그때도 뭔가를 표출하고 싶은 욕망은 있었는지 프리스타일 랩을 하고 가사를 썼다. 프리챌과 싸이월드에 뭔가를 많이 적었다. 십대에는 비디오 만화 대여점에서 셀 수 없이 많은 만화책과 판타지 소설을 읽었다. 그처럼 읽는 것을 좋아하던 아이가 문학을 접하지 않은 것도 참 신기한 일이다.

그때는 국문과도 문창과도 영화과도 관심 밖이었다. 그런 과들이 있는 줄도 몰랐다. 무슨 생각으로 고등학교 시절을 보냈는가 하면, 무슨 과든 상관없어 나는 랩을 할 거니까, 그렇게 생각했던 것 같다. 실제로 힙합 클럽 랩배틀에서 결승에 오를 정도로 랩을 제법 했었다.** 그리고 당시 좋아하던 래퍼 MC 성천이 철학과 출신이라는 그런 이유로 나는 철학과에 진학하게 된다……. 돌이켜보면 사춘기 시절 내가 사색을 즐기던 것은 뜨거운 문학적 감수성이라 부를 만한 것이었다. 그러나 철학은 차가운 논리의 세계였다. 내가 있어야 할 곳이 아닌 엉뚱한 곳에 있다고 느끼면서 긴 시간을 흘려보냈다.

생각해보면 더 빨리 문학과 맞닿을 기회가 있었다. 군대에서 작법서를 열심히 읽었고 피츠제럴드, 도

** 웨이브와 왓챠에서 서비스 중인 다큐멘터리 영화 〈투 올드 힙합 키드〉에서 확인할 수 있다. 「바람이 불기 전에」는 〈투 올드 힙합 키드〉의 10년 후 주석 같은 소설이다.

스토엡스키 등을 읽었다. 이십대에 소설을 써야겠다는 생각을 하지는 않았지만 언젠가 글을 쓰고 싶었다. 도스토엡스키에 매료된 사람이라면 누구나 가슴 한편에 작가를 꿈꾸게 되지 않을까. (하루키의 표현을 빌리자면, 『카라마조프가의 형제들』을 완독한 사람이라면 누구든 친구가 될 수 있다.) 복학생이 된 나는 은희경, 김영하, 박민규 정도를 읽은 게 다였지만 문학 동아리 문을 두드렸다. 당시 같은 과의 동기가 문학 동아리의 회장인가 임원으로 있었는데, 그가 나의 입회를 받아주지 않겠다고 했다. 내 기억에 당시 문학 동아리는 한 명이 귀한 존폐 위기 상태였다. 받아주지 않는 이유도 제대로 듣지 못했다. 그가 동아리 후배들 앞에서 목에 힘주고 선배 노릇을 하는 중인데, 자신을 쉽게 놀리고 격의 없이 지내는 동기인 내가 신입으로 들어오는 게 껄끄러웠던 것 같다. 스물넷의 행동이라기에는 너무 유치한 이유였다. 나도 그런 유치한 이유로 그와 절교했다.

정말로 그런 이유가 내 인생의 중대한 길 중 하나를 결정했다고 생각하니 착잡한 마음이 든다. 왜냐하면 문학 동아리에서 받아주지 않자 나는 영화 동아리 문을 두드렸기 때문이다……. 그 영화 동아리에서 단편

영화를 찍었고, 그게 재미있지만 부족함을 느껴서 영화학교를 가야겠다고 생각했고…… 그렇게 나의 10년간의 고행이 시작됐다.

십대엔 래퍼가 되겠다고 돌아다니더니, 이십대엔 영화를 10년 해본다더니, 삼십대엔 소설을 쓰게 됐다. 이 모든 과정을 지켜본 엄마는 10년 뒤엔 또 뭐 하려고 그러냐? 하고 내게 물었다. 글쎄…… 사십대에 힙합 앨범을 낼 수도 있을 것이다. 〈쇼미더머니〉에 나갈 수도 있을 것이다. 물론 나의 모든 가능성은 점점 쪼그라들고 굳어져간다. 모를 일이다.

DJ 소울스케이프의 〈180g Beats〉 앨범 수록곡인 〈Sign (숨과 꿈)〉이라는 곡에 MC 성천이 쓴 '네모가 되기를 빌고 빈 세모'라는 가사가 있다. 그 짧은 구절이 사무치게 공감이 가고 내 운명처럼 느껴졌다. 그건 어쩌면 십대 사춘기 시절(자신이 남들과 다르다며 혼자를 자처하는 시기)에 흔하게 할 수 있는 생각일 수도 있다. '괴짜 취급받는 외톨이였지만 결국은 동료들을 만나게 되는 소년 만화의 플롯'처럼 내 삶이 흘러가리라는 희망을 품고 살아왔다. 그런데 이십대가 되어도, 삼십대가 되어도, 혼자가 계속된다면? 이쯤에선 인생에 대해서 말할 수 있게 되었다. 이렇게까지 외로운 건 좀 아니지 않나.

자신의 기질이 세모인데 네모가 되기를 바란다면 누구든 외로울 수밖에 없으리라. 대학에서도, 힙합하는 무리에서도, 그토록 바라던 영화학교에서도 외로웠다. 내 부족함 탓에 그곳에 잘 속하지 못했기 때문일까. 분명 내가 바라던 것이었음에도 맞지 않는 신발을 신고 뛰는 것처럼 고통스러웠다.

누군가 1년 이상 어떤 감정의 상태로 생활하면 그게 그 사람을 지배하는 정서를 형성하는 것 같다. 영화학교를 졸업한 이후부터 소속이 없어지면서 나는 수년간 홀로 지냈다. 혹한기라 할 만한 힘든 시기를 함께 보내는 무리가 있었다면 버티는 데 도움이 되었을 거다. 소속 없는 프리랜서 창작자의 삶을 살아갈 거라면 생존을 위해서라도 비슷한 환경의 동료들 혹은 다른 군의 친구들과 친밀하게 지내는 게 보통일 거다. 그런데 나는 무작정 혼자였다. 히키코모리처럼 사회와 이어진 끈 없이 은둔했고 위태로웠다. 어떻게 그런 삶을 살 수 있었는지 모르겠다.

서른넷이 되었을 때 내가 가진 건 실패뿐이라고 생각했다. 어디서 보고 들은 간접경험이 아닌 10년의 세

월로 얻은 진짜 실패. 그렇게 고립된 시간을 보내던 중 팟캐스트를 들었다. 〈김영하의 책 읽는 시간〉이나 〈문학 이야기〉를 틀어뒀다. 거기서 들었던 말들 중 문학이야말로 소설이야말로 실패한 자들의 서사에 적합하다는 말, 그중에서도 장편소설은 '사건 그 이후의 이야기'라는 말에 마음이 갔다. 그렇게 나는 소설을 쓰게 됐다.

나이 들어가며 점점 더 혼자가 되어간다. 자신에 대해 더 잘 알게 되고, 잘 맞지 않는 관계를 유지하는 데 에너지를 쓰지 않게 되면서. 아마 대부분 그럴 것이다.

문학 동아리에서 거절당하지 않았다면 흔히 말하는 '문우'를 사귀었을 수도 있었을까. 힙합 하는 친구들이 전부 마초만 있는 것은 아니었지만, 내 평생에 은희경과 김애란에 열광하는 친구를 가져본 적이 없었다. 사람은 자신에게 결핍된 것을 크게 보는 경향이 있으니까 내가 이상화하는 것일 수도 있다. 그러나 주변에 비슷한 취향의 사람이 없는 게 사실이다. 내 주변에 책을 읽는 사람, 그중에서도 문학을 읽는 사람은 점점 희귀해져간다.

그렇다면 거절당했던 동아리를 내가 만들어볼

수도 있지 않을까?

이런 생각을 해보았지만 나는 평생 나서서 뭔가를 해본 적이 없는 사람이다. 이른바 '외톨이들의 동아리' 같은 걸 생각한 건데 동아리의 사전적 정의는 '같은 뜻을 가지고 모여서 한패를 이룬 무리'라고 한다. 한패라니, 체질적으로 그건 역시 좀…… 바라면서도 꺼려진다. 이제는 혼자가 너무 익숙해져버려서 그렇게 혼자가 편해진 사람들과 영원히 평행을 유지하며 닿지 못하게 되는 걸까.

내가 일을 벌이거나 먼저 다가갈 줄은 모르지만 그래도 편지 하나쯤은 쓸 수 있지 않나, 하는 마음으로 이 글을 쓴다. 일상에서 얼굴을 알고 지내는데 내 글을 전혀 읽지 않는 사람들보다, 이 글을 읽을 이름 모를 독자분들이 훨씬 더 가깝게 느껴진다.

내가 바라는 건 거창한 게 아니다. 가령 이런 장면이 있다. 작년 가을 팟캐스트 〈요즘 소설 이야기〉에서 윤성희 작가님이 직접 낭독하신 「네모난 기억」을 밤산책 하며 들었다. 그 가을밤의 감흥이 너무 좋아서 그대로 집에 들어가고 싶지 않았다. 처음부터 다시 재생시키고 산책을 더 했다. 너무 행복한데 조금은 외로웠다. 이 기쁨을 누군가와 나누고 싶은데 좋다며 공유할 사람이 없었다. 심지어 트위터나 인스타그램 어디서 검색해 봐도 반응이 미비해 수다를 떨 수 없었다. 엄마에게 팟캐스트를 깔아주고, 인스타그램 스토리에 공유하는 정도밖에 하지 못했다. 이 열광하는 마음을 비슷한 누군가와 나누고 싶다고 생각했다.

그게 내가 당장 그리는 지금보다 나은 삶이다. 그건 결국 느슨한 취향의 공동체가 아닐까. 작가와 독자의 관계 또한 느슨한 취향의 공동체라고 볼 수 있을 것이다. 과연 내가 꾸준히 글을 쓴다면 그런 공동체에 가닿을 수 있을까. 어쩌면 나는 헛된 생각을 하는 건가. 글을 써서 외로움을 탈피하겠다니.

마흔이 넘어서도 마음 맞는 친구를 사귈 수는 있겠지만 그게 얼마나 어려운 일인지는 지난 시간이 증명하고 있다. 나는 현재 결핍의 상태에 있는 사람, 가능태의 사람이고 결핍된 것에 대한 열망이 있다. 좀 지쳤지만, 나는 내가 동료를 만나서 더 행복한 삶을 살 수 있다는 것을 믿는다. 그 가능성이 점점 얼마 남지 않았다는 생각과도 매일 싸우고 있다. 이 문장을 보고 M이 이렇게 말할 것 같다.

중생아, 어찌 행복을 아직도 사람에게서 찾으려 하느냐.

그러나 그런 희망마저 없다면 나는 정말 버티기 힘들다.

'네모가 되기를 빌고 빈 세모'에서 조금씩 변해간다. 세상의 풍파에 내가 세모가 아니게 마모되어가는 것인지, 내가 더는 네모가 되기를 바라지 않는 것인지 정확히 모르겠다. '네모가 되기를 바라는 네모'였다면 덜 외롭고 안온한 삶을 살 수도 있었을 것이다. 그러나 적어도 이야기의 세계에서는, 네모가 되기를 바라는 네모는 아무런 매력이 없다. 네모가 되기를 빌고 빈 세모 쪽이 더 문학적이다.

어떤 이상적이고 구체적인 행복의 상을 갖는 게 위험하다는 것도 아픈 경험을 통해서 안다. 그럼에도 나는 아직도 품고 있다. 내 삶의 여정에서 동료를 찾을 거다. 찾지 못한다면? 찾지 못할 수도 있다. 그렇지만 그게 내게는 주어지지 않은 것이라고 체념하진 않을 거다. 아마도 평생을 찾을 거다. 그리하여 독자분들과 함께, 내가 앞으로 쓰는 소설이 변해가는 것을 보고 싶다.

가볍게, 바람 따라

— 김보경(문학평론가)

정대건의 첫 장편 소설 『GV 빌런 고태경』(은행나무, 2020)을 비롯해 이번 소설집에 실린 소설에는 약 10년간 영화판에 있으면서 영화를 공부하고 제작했던 작가 자신의 경험이 곳곳에 투영되어 있다. 예를 들어 「아이 틴더 유」에서 호라는 인물은 단편영화로 상을 받은 경력이 있는 영화감독이지만, 몇 년째 이렇다 할 성과를 내지 못하는 지지부진한 상태로 잡다한 아르바이트를 병행하고 있다. 「바람이 불기 전에」의 화자 승주는 독립영화 감독으로 10년 전 제작했던 다큐멘터리 영화로 주목을 받았었지만 그 이후 다른 작품을 만들지 못했고 이제는 영화 관객으로 남겠다고 생각한다. 「멍자국」의 영선은 남들이 취업 준비를 할 때 영화에 꽂혀 영화판에 있었다가 그만두고 잡지사의 피처에디터로 일하는 인물이다. 이러한 인물들은 작가의 자전적 경험이 바탕이 되어 만들어진 것으로 보이지만, 그렇다고 정대건의 소설이 자전적 소설의 전형성을 띠고 있는 것은 아니다. 「아이 틴더 유」에서 호는 화자 솔의 입장에서 그려지고, 「멍자국」에서 초점 화자는 영선이 아닌 서아라는 인물이다. 「바람이 불기 전에」를 제외하면 1인칭 혹은 초점 화자로 등장하는 것은 작가의 페르소나처럼 보이는 인물이 아니라 그와 관계 맺는 주변의 인물이다. 이러한 특징을 그저 사소한 설정으로 보아 넘기기 어려운 까닭은 이 설정이 정대건 소설 특유의 가벼운 분위기를 만드는 데 일조하고 있기 때문이다. 작가는 특정한 인물에 자신의 경험을 투사하면서도 그를 화자로 삼지 않으면서 자전적 서사가 빠질 수 있는 나르시시즘의 끈덕진 덫을 너끈히 피해 간다. 그렇게 정대건 소설의 에너지는 '나'로 수렴되는 것이 아니라 주변 사람들로 발산되고, '나'와 '너'의 관계 자체로 향한다.

「아이 틴더 유」의 호와 솔, 「멍자국」의 영선과 서아의 관계를 설명해주는 적절한 단어가 있다면 이 역시 가벼움일 것이다. 그런데 이때 가벼운 관계를 단지 어떤 진지하거나 자연스러운 관계에 비해 그 가치가 미달한다는 의미로 이해하지 않기 위해서 이 두 소설에 나타난 관계 맺기 방식을 좀 더 들여다볼 필요가 있을 것이다. 우선 「아이 틴더 유」에서 솔은 데이팅 앱 틴더를 통해 매칭된 호와 대화를 나누고 서로 노아 바움백 영화를 좋아한다는 취향상의 공통점을 알게 되자 그를 만나기로 결심한다. 그리고 솔은 호와 처음 만난 데이트 자리에서 둘 다 "연애에서 늘 속거나 버려진 쪽"(11쪽)이었다는 공통점을 발견한다. 취향이나 연애 방식상의 공통점을 발견하거나 서로에게 서로의 환부나 치부를 드러내는 순간은 보통 사랑에 빠지게 되는 결정적 계기에 해당한다. 그런데 외로움을 어필하는 호가 짠하게 느껴지는 순간에 솔은 호에게 다른 사람으로부터 온 틴더 메시지를 읽게 된다. 그리고 바로 이 순간에 호와 솔 사이의 "감춰져 있던 사실", 즉 그가 "수십, 수백 명의 사람에게 '라이크'를 눌렀고, 클로이를 만나서도 이런 외로움을 토로했을 거라는 것, 서로에게 스페어처럼 얼마든지 대체 가능한 존재라는 것"(12쪽)이 드러난다. 그런데 서로가 서로에게 유일무이한 존재가 아닐 수 있다는 사실은 실망이나 공허함을 불러일으키는 것이 아니다. 오히려 이 사실은 서로를 "공모자"처럼 느끼게 만들고 "원래도 가벼웠지만 한없이 더 가벼워"(13쪽)져 두 사람을 더욱 친밀하게 만든다. 이 가벼운 친밀성의 핵심은 서로를 구속하는 미래에 대한 기대나 약속 없이 현재 마주한 상대와 가능한 최대치의 쾌락을 주고받는 데 있다.

서로 하룻밤을 같이 보내고 난 후 솔과 호는 연인이 아닌 친구 사이로 남자고 합의를 하게 되고, 이후 둘은 친구로서 섹스 없는 데이트를 가끔 즐기며 각자 다른 사람과 데이트하기도 한다. 그런데 관계가 으레 그러하듯 이 가벼운 관계 또한 서로 간의 감정과 기대의 기울기 차이로 인해 조금씩 흔들리게 된다. 솔은 자신에게 의존하는 호의 모습을 보며 "나도 모르게 우리 사이가 동등하지 않은 것"(25~26쪽)처럼 느껴진다고 생각하기도 하고, 호는 틴더에서 만난 또 다른 상대인 민경에게 진지한 마음을 갖게 되며 솔과 은근히 거리를 두기도 한다. 솔은 호의 그러한 모습에서 호가 자신과 달리 자신에게 연애 감정을 갖고 있었다고 생각하게 되며 호가 자신을 속였다는 생각에 화를 낸다. 결국 다투게 된 둘은 연락을 끊고 관계는 소원해진다. 다섯 달이 지난 후 솔은 호로부터 신춘문예에 당선되었다는 소식을 듣고 연락이 닿아 담백하고 가벼운 화해를 하고, 이후 차츰 연락이 뜸해져 둘 사이의 관계는 서로의 과거의 한 귀퉁이를 차지하게 된다. 그리고 이 과거를 돌아보는 시점에서 솔은 호를 "앱에 뜬 수천 명의 사람 중에 대체할 수 없는 나의 스페어, 나의 친구"(43쪽)로 기억하게 된다.

대체 불가능한 스페어. 이 모순적인 단어는 연인이나 썸, 엔조이, 친구와 같은 단어로 정확히 설명되지 않는 솔과 호의 관계를 정확하게 가리키는 말이다. 이 관계는 연애 관계에 요구되는 여러 암묵적인 약속이나 배타적 관계에 대한 상호 확신으로부터 자유롭고 따라서 상대는 스페어와 같지만, 이 스페어를 대체 불가능하게 만드는 것은 바로 상대와 함께한 시간이다. 상대와 함께 나눈 은근한 쾌락과 질투, 낙담, 위로, 재미와 같은 감정들은 어떤 것과도 대체되지 않는 나의 일부가 된다. 「아이 틴더 유」와 마찬가지로 「멍자국」에서도 데이팅 앱을 통해 만난 서아와 영선의 이야기가 그려지는데, 이 둘의 경우 서로의 대체 불가능한 기억은 몸에 멍자국으로 새겨진다. 서아와 영선은 가끔 만나 1박 2일로 여행을 다녀오는 사이로 평소에는 "거리를 유지해야 한다"(109쪽)는 것을 유일한 규칙 삼아 "아무것도 약속하지 않았으니 언제라도 허물어질 수 있는 관계"(111쪽)로 지내지만, 서아가 영선의 팔을 장난으로 깨물어 그의 몸에 남겨진 멍은 금세 사라지지 않고 색깔이 변해간다. 이는 "아픔에 대한 몸의 기억"인 동시에 "아름다움"(109쪽)의 표시로서 몸에 남는다. 지속적인 헌신이 불필요한 가벼운 관계라고 해도, 이는 일시에 휘발되고 마는 관계라는 것을 뜻하지 않는다. 정대건은 연인이라고도 연인이 아니라고 하기도 어려운 관계에 '대체 불가능한 스페어'라는 이름을 붙이듯, 사랑이라 하기엔 가볍고 아슬아슬한 감정과 기억에 온당한 존재감을 부여하며 그것이 몸에 남아 나의 일부가 됨을 보여준다.

한편 「멍자국」에서 서아는 전남편인 수명이 다른 여자와 바람을 피웠던 기억이 있고, 영선은 파혼한 해인이 어떤 기혼자와 바람을 피웠던 기억이 있다. 그런데 서아와 영선이 이 기억에 대해 느끼는 방식은 서로 다르다. 영선과의 가벼운 데이트를 통해 서아는 오히려 전남편 수명이 얼마나 숨 쉴 틈을 필요로 했을지 생각하게 되며 그를 더 잘 이해하게 된 것 같다고 느낀다. 반면 영선은 자신의 파혼을 "실패"의 경험으로 기억하고, 이 기억으로부터 자유롭지 못하다. 서아와 영선의 차이는 둘의 관계를 연애 관계로 발전시키고 싶어 하는 영선과 이대로의 관계가 좋다는 서아의 입장 차이에서도 드러난다. 이 둘의 차이는 「아이 틴더 유」의 호와 솔의 차이와도 겹쳐진다. 솔이 관계의 동등함이 기울어지는 데서 당혹감을 느꼈듯 서아는 영선이 서아에게 부담을 준 것에 대해 사과하자 "어느 한쪽이 용서를 구하고 용서해야 하는 관계는 두 번 다시 하고 싶지 않"(113쪽)다고 생각하며 영선에 대한 마음이 무너진 것을 느낀다. 영선은 서로에 대한 호감이 사랑-연애-결혼으로 이어지지 못하는 것을 "실패"로 인식하지만, 서아는 오히려 관계가 깊어진다는 것이 감정의 기울기와 권력 차이를 발생시킨다는 것을 알기에 관계가 깊어지지 않도록 제동을 거는 것이다. 그렇게 더 이상 가벼운 관계로 유지될 수 없는 서아와 영선의 관계는 끝이 나지만, 서로에 대한 기억은 멍자국과 같은 흔적으로 남게 된다. 이 멍자국의 대체 불가능한 질감과 색깔은 이들의 관계를 실패라고만 말할 수 없게 만들기에 넉넉하다.

「바람이 불기 전에」에는 사랑과 일에 있어서 자신이 실패했다고 느끼는 인물이 등장한다. 이 소설은 승주가 자신이 10년 전 제작한 다큐멘터리 〈플레이백〉이 독립영화 기획전에서 다시 상영된다는 소식을 듣고 이에 초청을 받아 엄마 인자와 함께 부산에 가기로 하며 시작된다. 부산에는 이혼한 전부인인 민주가 지내고 있기 때문에 승주는 부산에 가게 되면 민주와 재회할 수도 있다는 것을 안다. 어쩌면 소설은 부산행을 승주가 영화에 대한 자신의 꿈과 함께 민주와의 관계를 회복하는 계기가 되도록 했을 수 있지만, 이 소설은 그러한 방식을 따르지 않는다. 부산에서 민주와의 만남은 미래에 대한 기약 없이 담백하게 이루어지고, 승주가 만들었던 영화는 "10년이라는 시간은 모두가 내 곁에서 멀어지는 방향으로만 흘러갔다"(83쪽)는 것을 상기시킬 뿐이다. 그리고 영화 상영 후 자신의 오랜 팬이 승주의 영화를 계속 보고 싶다고 하는 말을 듣기도 하고, 이에 승주는 그의 말처럼 영화를 계속 만들면 좋겠다고도 생각하지만, "인생을 걸었다고 생각한 영화가 엎어지고, 내가 사랑하는 극장이 사라져도 내가 할 수 있는 것이 없어 무력"하다는 것, "관객이 없어서 극장이 사라지"고 "사랑하는 사람이 나를 떠난다"(86쪽)는데 자신이 할 수 있는 것은 아무것도 없다는 것을 부인하지 않는다. 그는 자신의 삶 곳곳에 포진해 있는 "수많은 어쩔 수 없음"(같은 쪽)이 자신을 질식시켜온다는 사실을 담담히 직시한다. 차라리 견딜 수 없는 것은 우리 삶이 어쩔 수 없는 것들로 이루어져 있다는 사실을 외면하는 기만적인 "거짓말"들이다.

그런데 이러한 담담한 태도가 오히려 어쩔 수 없는 것들을 받아들이는 힘이 될 수도 있지 않을까. 자신의 힘으로 어쩔 수 없는 것들을 받아들일 수 있을 때에야 비로소 예상하지 못한 방식으로 숨통을 틔워주는 삶의 선물 같은 순간들을 느낄 수 있게 되는 것은 아닐까. 「바람이 불기 전에」에서 부산행이 지니는 의미는 승주의 영화에 대한 꿈이나 민주와의 재회와 관련되어 있을 뿐만 아니라 부산에서 패러글라이딩을 승주와 꼭 같이하고자 한 인자의 바람에 관한 것이기도 했다. 인자의 뜬금없는 제안에 승주는 처음에 내키지 않았지만 인자의 바람대로 패러글라이딩을 함께하기로 결정한다. 하지만 정작 패러글라이딩을 하러 가자 바람이 갑자기 멎어 결국 맥이 풀린 채 비행을 포기하게 된다. 이는 승주에게 무력감을 안긴 또 하나의 어쩔 수 없음이었다. 그런데 인자는 계획된 여행 일정을 미루고서라도 패러글라이딩을 하고 싶다고 승주에게 말한다. 그 말에 승주는 "우리 사이로 바람이 부는 것처럼 느껴졌다. 그건 인자 씨에게서 보아오지 못했던 확고한 태도였다. 그런 욕망은 귀한 것이었다"(71쪽)고 생각한다. 결국 둘은 패러글라이딩을 하러 가기로 결정하고, 이 소설은 바람을 타고 패러글라이딩을 하는 인자의 모습으로 끝이 난다.

앞서 살펴본 것처럼 정대건의 소설은 연애와 결혼으로 이어지는 관계에 대한 규범적인 모델, 무언가를 성취해내는 성공의 모델에 대한 욕망을 끊임없이 주조하는 이 사회에서 그러한 욕망이 도리어 자신을 소진시키고 행복으로부터 멀어지게 만든다는 사실을 통찰한다. 이러한 욕망 대신에 소설이 귀중하다고 보는 것은 "갑자기 안 하던 짓"(56쪽)을 하고 싶어져 바람을 쏘이러 가고 싶다고 말하는 인자의 욕망이다. 이러한 종류의 욕망은 행복을 가져다준다고 약속하는 이상적인 모델에 대한 강력한 애착 관계로부터 일시적으로나마 우리를 해방시키고 숨통을 틔운다. 정대건의 소설이 어딘지 완성되지 않은 것처럼 보이는 느슨하고 가벼운 관계들에 주목하며 그 관계의 고유한 쾌락 원칙들을 포착했듯, 이러한 귀한 욕망들은 이 사회의 단단하게 짜인 욕망의 그물을 느슨하게 만들며 우리가 그간 주의를 기울이지 못했던 쾌락을 느끼도록 해줄 것이다. 불어오는 바람을 온몸으로 느끼듯. 귀한 것들은 선물처럼 온다.

트리플 7

아이 틴더 유

초판 1쇄 인쇄일 2021년 7월 19일
초판 1쇄 발행일 2021년 8월 1일

지은이 · 정대건

펴낸이 · 정은영
편집 · 안태운 김정은 정사라
마케팅 · 최금순 오세미
박지혜 김하은
제작 · 홍동근
펴낸곳 · (주)자음과모음
출판등록 · 2001년 11월 28일
제2001-000259호
주소 · 서울시 마포구 양화로6길 49
전화 · 편집부 02) 324-2347
경영지원부 02) 325-6047
팩스 · 편집부 02) 324-2348
경영지원부 02) 2648-1311
이메일 · munhak@jamobook.com

ISBN 978-89-544-4748-5 (04810)
978-89-544-4632-7 (세트)